Mon oncle
d'Australie

Dépôt légal : octobre 2000
ISBN : 2-02-038507-4
N° 38507-1

Mon oncle d'Australie

Michèle Decoust

Illustrations
de Marc Daniau

Seuil/Métailié

Chapitre I

Au fin fond du bush

À L'AUTRE BOUT DU MONDE

Vingt-deux heures d'avion, c'est franchement un record ! Le plus dur est passé, seize heures jusqu'à Singapour, moi qui n'ai jamais été plus loin qu'Édimbourg, deux heures de vol maximum, je n'en mène pas large : comment font ces drôles de coucous pour tenir en l'air si longtemps sans tomber ? Ma sœur Fanny, elle, elle s'en fiche, elle n'a peur de rien, elle a passé son temps à bombarder de questions son voisin australien, un blond bronzé au T-shirt moulant, plus curieuse tu meurs, en lui faisant ses yeux de braise… Elle vient d'avoir quinze ans, mais elle fait comme si elle était une femme. Il faut dire qu'elle est vraiment belle ma sœur, et puis c'est une acrobate, une folle de cheval et d'escalade, rien ne l'arrête, elle a envie de tout, tout de suite. Je ne lui montre pas que je l'admire, elle en profiterait comme du reste, et puis elle se prend déjà pour ma mère, alors…

Moi, mon nom, c'est Hector, j'ai douze ans, et je suis le contraire de ma sœur. D'ailleurs, quand on dit Hector, ça fait sérieux, Hector c'est grave, ça vient du fond de mon ventre, alors que Fanny, ça rit dans les dents et ça gigote comme un fanion. Tout est dit. Moi je suis assez timide, pas sportif du tout, j'aime bien écouter et regarder sans faire de bruit, deviner les gens sans qu'ils s'en aperçoivent, faire des croquis aussi, pour bien me souvenir de leurs visages. D'ailleurs, c'est moi qui prends les photos et tiens le journal de bord, j'ai déjà commencé dans l'avion. C'est pour ça qu'avec ma sœur on se complète bien, parce qu'elle parle et rigole trop pour prendre le temps de réfléchir.

Tiens, les nuages sont partis, je ne vois plus l'océan Indien mais une immense terre nue et rouge, avec des petites rigoles vertes par-ci par-là, peut-être des rivières. Il n'y a pas de route, pas de ville, pas un chat, on dirait un pays inconnu, qu'est-ce qu'on va faire pendant deux mois de vacances au milieu de ce désert ? Heureusement qu'il y a oncle Bob, je ne l'ai jamais rencontré mais j'ai vu des photos de lui dans son ranch, et il m'a plu : il y en a une où il sourit sur son cheval au milieu des eucalyptus – il paraît que ça pousse partout en Australie, qu'il y en a plus de cinq cents espèces – et puis il y a celle où il est assis sur un banc devant une grande maison de bois, avec à côté de lui un homme tout noir aux cheveux jaunes. Il a écrit en dessous : « Moi et mon ami Joe. » Je n'ai jamais vu un visage comme celui de Joe, je ne sais même pas si j'arriverais à le dessiner, ce n'est pas comme un Africain, c'est comme personne.

« Nous survolons maintenant le Red Heart et Alice Springs, la capitale de l'Outback, entourée par deux mille kilomètres de bush et de désert. » Ils viennent de parler dans le micro, c'est ici que vit oncle Bob, à trente kilomètres de ce tas de points blancs au milieu de nulle part qu'ils appellent une ville ! Rien que ces mots de bush et d'Outback suffisent à me faire peur : Outback, ça veut dire là-bas, très loin, au fin fond de la brousse... Et comment fait-on pour ne pas se perdre ? J'ai beau scruter à mort par le hublot, je ne vois aucune trace de route autour d'Alice Springs, comme si le désert avalait tout dès qu'on quitte la ville. Bien sûr, Fanny s'en contrefiche, elle est collée à la fenêtre de la porte de secours, la plus grande de l'avion (« elle a les yeux plus gros que le ventre », dit toujours maman), et elle hurle de joie. Elle se croit vraiment toute seule... D'ailleurs, si je ne l'adorais pas, par moments elle me ferait honte... Vite, faire semblant de dormir.

J'ai dû m'endormir pour de bon, l'avion descend vers Sydney, on nous a servi un petit déjeuner avec une pâte noire au goût de Viandox, la *Vegemite* – il paraît que c'est la confiture nationale – j'espère que le reste sera meilleur. J'ai l'impression d'avoir passé une éternité dans cette carlingue, l'Australie est vraiment à l'autre bout du monde. « Ces deux mois vont vous faire faire des bonds en Anglais » avait dit papa, mais moi je sens déjà que ce ne sera pas du tout des vacances comme les autres, et ça me fait peur.

L'avion fait demi-tour au-dessus de l'océan Pacifique. D'immenses gratte-ciel blancs aux fenêtres étincelantes se dressent face à la mer, on dirait des drapeaux levés pour notre arrivée, comme les voiles des milliers de bateaux qui filent sur la baie de Sydney. C'est magnifique ! Fanny me serre contre elle : « Tu vois, mon biquet, on est arrivés au nouveau monde. » Je ne sais pas trop ce qu'elle veut dire, mais avec cette lumière et ce ciel bleu, tout a l'air vraiment propre et récent. Et puis il y a l'océan qui rentre partout dans la ville, la creuse pour faire des plages et des criques, si bien qu'on se demande si c'est une ville où l'on va travailler… avec tous ces voiliers qui semblent s'échapper des immeubles comme des oiseaux. C'est ça le nouveau monde, un monde où les villes sont faites pour s'amuser ?

Tout le monde applaudit, on vient d'atterrir, vite traverser l'aéroport international pour rejoindre l'avion d'Ansett, au terminal national, direction Alice Springs et l'oncle Bob. L'odeur a changé, ça sent la frite, le pop-corn et les beignets. Les gens qui s'embarquent pour l'Outback ne ressemblent pas aux Australiens de l'avion : il y a des cow-boys avec des chemises écossaises et des grands chapeaux, des filles de l'âge de Fanny avec des T-shirts moulants très courts et des paréos avec « Bali » écrit en gros, des visages noirs bizarres, un peu comme celui de la photo, avec des yeux qui transpercent, et puis cette drôle d'odeur de terre et d'herbe sèche autour d'eux. Fanny n'en perd pas une miette, elle a foncé dans l'avion pour se coller au hublot le plus gros. Derrière elle, les filles parlent très fort et rient à tue-tête devant tout le monde, exactement comme elle. Je sens que ma sœur va être intenable, heureusement qu'oncle Bob sera là pour m'aider à la surveiller !

Le ranch de Bob

C'est moi qui l'ai vu le premier, à travers la grille de l'aéroport d'Alice, on dirait Robert Redford avec son sourire et son regard moqueur. Nous étions tout petits la dernière fois qu'il nous a vus, pourvu qu'il nous reconnaisse ! Fanny lui a déjà sauté au cou, elle est toute rouge et n'arrête pas de gigoter, je suis sûr qu'il lui plaît, aïe ! aïe ! aïe ! les ennuis commencent. Il me serre très fort, ça fait vraiment du bien, papa ne nous embrasse jamais, c'est bête ça me donne envie de pleurer. Il ne parle pas beaucoup, mais n'arrête pas de nous regarder, comme si nous l'intéressions énormément.

– Allez les poulains, sautez dans la Jeep, encore une demi-heure de tapecul et vous pourrez enfin vous reposer.

Il a un drôle d'accent en français, ça fait vingt ans qu'il vit en Australie, ça doit être pour ça.

La route est toute droite et sans fin, une poussière rose, fine comme de la poudre, vole autour de la Jeep et recouvre les feuilles argentées des eucalyptus. Un petit kangourou gris traverse la piste sans se presser.

– Celui-là, c'est un wallaby, il vit autour des mares dans les rochers, il n'est pas facile à repérer.

Il s'est arrêté au milieu du chemin et nous observe, dressé droit sur ses pattes arrière, avec ses yeux de gazelle.

C'est moi qui l'ai vu le premier…

C'est mon premier animal en liberté, et je me sens tout drôle, ça me fait trembler comme le rayon de La Force dans la *Guerre des Étoiles*. Nous croisons un camion monstrueux rempli de vaches qui file sur cent roues et nous asperge d'un nuage beige aveuglant. Fanny n'arrête pas de tousser, oncle Bob se met à rire :

– Ce sont nos mille-pattes du bush, les tri-remorques qui transportent le bétail de nos ranchs vers les abattoirs de Darwin ou d'Adélaïde, à quinze cents kilomètres d'ici. Celui-là vient d'Undoolya, le ranch de mon voisin... Nous sommes presque arrivés.

Nous quittons la ligne toute droite et cahotons sur un sentier de terre entouré de prairies. Une trentaine de chevaux noirs et bruns se sont mis à galoper et font la course avec la Jeep. Fanny pousse de grands cris de joie :

– Regarde celui-là avec sa crinière au vent et son regard de côté, c'est lui que je veux, d'ailleurs lui aussi m'a repérée !

– Lui, c'est Gipsy, on vient de le dresser, si tu veux il est à toi pour les vacances.

Elle connaît à peine l'oncle Bob et elle vient de lui coller un énorme baiser sur la joue. Maintenant, elle a l'air gêné, moi ça m'énerve parce qu'elle ne m'a jamais embrassé comme ça, juste des bisous de mouche du bout des lèvres, comme à un petit qu'on veut consoler. Mais je m'en fiche, je sais que je vais l'étonner, l'Australie c'est pas fait pour les mauviettes.

On vient de s'arrêter devant la maison en bois de la photo. Qu'elle est belle avec sa véranda sur pilotis bordée d'une dentelle de fer forgé, et ses chaises en bambou entourées de plantes mauves et roses. Une ombre sort d'un rocking-chair et se dirige vers nous. Elle avance lentement en étirant chaque pas comme un chat, ses jambes sont immenses et fines comme des brindilles, on dirait qu'elle ne touche même pas le parquet tellement elle est mince et légère… Et vlan, ses yeux me scotchent contre la Jeep, avec mon sac dans les bras…

– Fanny, Hector, voici Joe, mon ami. Sans lui je n'aurais jamais pu reprendre ce ranch, m'occuper de cinq mille vaches, dresser cinquante chevaux… et survivre dans le bush.

Fanny se plante devant lui :

– Alors c'est vous qui avez dressé Gipsy ?

Joe sourit, mais c'est moi qu'il continue à observer, et ça me fait flageoler.

– Et toi, les chevaux, ça t'intéresse ?

– Non monsieur, ça me fait peur.

– Et qu'est-ce que tu aimes alors ?

Si ça continue, je vais faire pipi dans ma culotte, parce que sa voix rentre dans mon corps et me fait gargouiller le ventre…

– Euh, la nature, dessiner, la photo, écrire des poèmes, et puis surtout regarder les gens pour deviner ce qu'ils pensent.

Il rit et son nez s'agrandit encore plus, ses lèvres tremblent comme celles d'un cheval, ses yeux jaunes ont l'air de se moquer de moi.

– Alors, tu y arrives ? Tu sais qu'il est très simple de savoir ce que les gens pensent, même s'ils sont à des milliers de kilomètres de toi. Il suffit de penser très fort à eux, et ils sont avec toi, petit…

– C'est beaucoup pour un premier jour, le pauvre Hector, il titube !

Bob attrape ma main et celle de Fanny, et nous conduit à deux chambres séparées par un rideau de perles. J'ai un grand lit avec une moustiquaire, pour me protéger des mouches, des moustiques, des araignées venimeuses au dos rouge, des scorpions et des geckos, petits lézards transparents aux mains palmées. J'ai aussi une lampe torche pour voir les serpents la nuit, et un bâton pour fouiller l'herbe et les faire fuir le jour. Fanny trouve ça très excitant toute cette nature qui cache des bestioles inconnues et dangereuses :

– Tu ne voudrais quand même pas avoir un gazon coupé ras comme chez les parents, avec deux papillons blancs qui butinent trois pâquerettes… et puis rien qui nous arrive, JAMAIS.

Elle a passé la tête à travers le rideau de perles et me fusille du regard. Moi je trouve qu'une pelouse bien tondue ça permet de voir tout ce qui se passe, c'est rassurant… Mais motus et bouche cousue, je me rattraperai dans mon journal.

– Alors les petiots, tout va bien ? Je pense qu'un bon roupillon ne vous fera pas de mal… Venez juste voir dans le jardin, j'ai une surprise pour vous.

La nuit est tombée d'un seul coup. Oncle Bob nous montre la Voie lactée, on dit *Milky Way* en anglais, c'est le mot le plus doux du monde. Les étoiles sont si près qu'on peut presque les toucher, et si brillantes que je peux dessiner leurs cinq branches. Oncle Bob nous en montre une plus grosse que les autres, qui étincelle toute seule, comme un diamant :

– C'est l'étoile du Sud les enfants, eh oui, vous êtes bien passés de l'autre côté du monde.

De l'autre côté du monde... Je pense à *Vingt Mille Lieues sous les mers* que je lisais la nuit en cachette des parents.

J'ai un peu le tournis, c'est normal puisqu'on a la tête en bas. Ah ! et puis il faut que je vérifie pour mon pote Hugo si l'eau des éviers se vide bien à l'envers. Il faudra aussi que je lui écrive qu'ici la lune est deux fois plus grosse que chez nous, que ses montagnes sont aussi visibles que celles de la Terre, et qu'elle éclaire tellement bien qu'on y voit comme en plein jour. Oncle Bob a toujours le nez en l'air, il sourit tout seul en contemplant le ciel. Je crois qu'on va très bien s'entendre, j'aime ses grosses mains quand il caresse ma tête, il est tendre et fort, on dirait un acteur américain. D'ailleurs Fanny a craqué, c'est forcé, « c'est un cœur d'artichaut » a toujours dit ma mère.

Un baiser sur le front et oncle Bob nous envoie au lit comme des petits. C'est la première fois que Fanny obéit sans broncher, mamma mia ! La nuit retentit de coassements de crapauds – il paraît qu'ils vivent dans les tuyaux pour avoir de l'eau – du crincrin des criquets, mais aussi de bruits bizarres de feuilles froissées et de cavalcades sur les murs, peut-être des geckos... Mais je suis trop fatigué pour avoir peur, et puis j'ai ma moustiquaire, et puis j'ai Joe – tiens, il ne vit pas ici, mais où a-t-il disparu ? On dirait que le bush

… voici Joe, mon ami. Sans lui je n'aurais jamais pu reprendre ce ranch, m'occuper de cinq mille vaches, dresser cinquante chevaux…

l'a avalé – et puis j'ai oncle Bob, et puis surtout ma sœur chérie, qui ronfle déjà comme un sapeur : j'aime l'entendre respirer près de moi, dans la chambre d'à côté, comme à Orléans, je sais que tout va bien, et que même lorsqu'elle dort, elle est là pour me protéger.

Et puis je pense à Hugo, resté en rade de l'autre côté… Ça fait déjà si longtemps, c'est si loin et tellement différent, l'autre bout du monde.

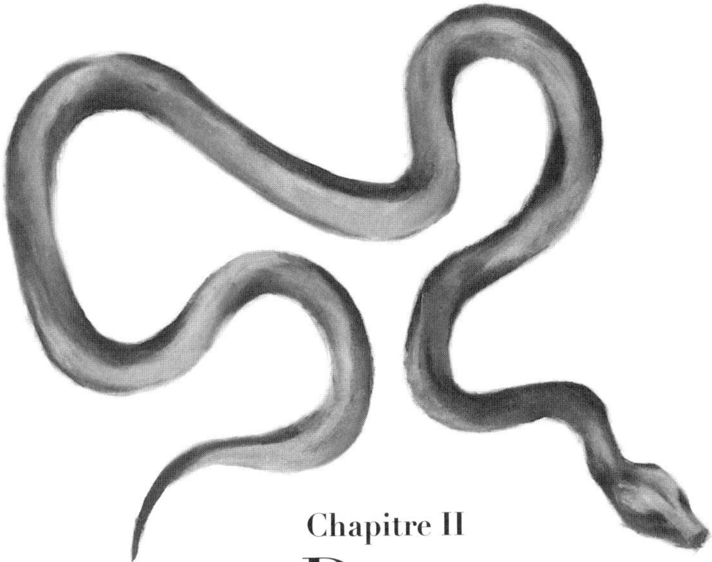

Chapitre II

Dans la tribu de Joe

Fanny et la vraie vie

C'est encore mieux que dans mes rêves, mon petit frère chéri ne sait pas ce qu'il rate. Je galope sur Gipsy derrière oncle Bob et tout cet espace est à moi ! Le vent me mord les joues et l'odeur de poivre des eucalyptus me pique les narines, je vois détaler une famille de kangourous, des lapins, d'énormes lézards verts hauts sur pattes :

– Ce sont des varans, ici on les appelle des goannas, et c'est le mets favori de la tribu de Joe.

Oncle Bob se retourne à peine, allez fonce Gipsy sinon il va nous semer. On arrive au paddock, il y a au moins une centaine de vaches qui meuglent à tue-tête. Je reconnais Joe au milieu avec trois autres Aborigènes aux yeux jaunes qui trient les petits veaux, et les font passer dans un autre enclos. Là, Joe attrape un couteau, et pendant que ses amis renversent le pauvre animal, il empoigne ses testicules, puis les tranche d'un coup sec. Ça crie tant que ça peut, la poussière me pique les yeux, et l'odeur de sang me donne envie de vomir.

– Alors la Fanette, on tourne déjà de l'œil ? Ici c'est la vraie vie, pas du roman à l'eau de rose. Allez suis-moi, il y a de jeunes vaches qui ont perdu leur troupeau et se sont réfugiées dans le lit de la rivière, tu vas m'aider à les retrouver.

Je file derrière mon oncle, surtout ne pas avoir l'air d'une poule mouillée devant de vrais hommes. Nous zigzaguons entre deux rangées d'acacias en faisant voler le sable de la rivière, Bob disparaît soudain derrière un buisson et revient en poussant devant lui deux vachettes effrayées :

– Passe de l'autre côté, et serre-les au plus près, c'est du bétail sauvage habitué à gambader sur des centaines d'hectares… Tu ne le ramèneras pas au bercail comme nos charolaises, avec un anneau dans le nez !

Il dit cela en me regardant d'un air narquois, c'est vexant tout de même, il me prend pour qui, une chochotte d'Orléans qui passe son temps à se faire les ongles et à s'enlever les poils sous les bras ? Eh ! Gipsy, arrête de faire des embardées sinon tu vas me débarquer, mais qu'est-ce qui te prend, Gipsy, GIPSY ! ! !

Sauve qui peut !

Subitement Gipsy se cabre, et, pour une raison qui échappe même à oncle Bob, file au grand galop dans le lit de la rivière, avec Fanny qui hurle, accrochée à sa crinière... Dix minutes et dix kilomètres plus loin, une ombre noire à cheval fonce à sa rencontre, la rejoint, attrape en vol les rênes de Gipsy, murmure tout bas contre son flanc. L'animal se calme aussitôt, ralentit, se met à trotter le long du cheval jais, et frotte son museau contre la joue de Joe :

– Allez viens petite, cesse de trembler, on est à deux pas de notre campement, les femmes Warlpiri vont s'occuper de toi.

Fanny, toute blanche et flageolant sur ses jambes, cramponnée à son bras, fait son entrée dans le royaume de Joe. Elle découvre... quelques huttes de branches sèches recouvertes de vieux plaids, au bord d'une grande mare où s'éclaboussent une dizaine de marmots aux yeux rieurs. Sur le bord, une vieille femme aux jambes brindilles pêche avec une ficelle enroulée à son doigt. Autour d'un feu où bout une énorme marmite, des femmes dépècent un kangourou. Elles jettent la queue dans l'eau brûlante et font cuire dans la braise au bout d'une longue pique des morceaux coupés à la machette.

Dans un coin, une grosse femme aux seins nus fait signe à Fanny de s'approcher : elle prépare devant elle une mixture faite de cendres, de vase, de feuilles sèches et de salive, qu'elle applique sur son genou écorché. Puis elle lui caresse doucement les cheveux en lui chantant une chanson aux sons étranges qui dégringolent comme l'eau d'un ruisseau. Fanny, épuisée, s'effondre en pleurant dans ses bras au moment où oncle Bob fait irruption dans le campement. « Tant pis », pense-t-elle hoquetante, et elle enfouit son visage entre les seins de la grosse femme qui se met à la bercer comme un tout-petit. Elle se réfugie dans sa chaleur, dans son odeur de terre et de bois brûlé, elle veut tout oublier, et surtout ne pas voir le regard moqueur de l'oncle Bob...

– Alors ma Fanette, on vient de passer son baptême du bush, plus rien de grave ne peut t'arriver...

Sa voix est douce tout à coup, elle n'en revient pas, lui aussi lui caresse la tête. Et voilà Joe qui pose sa main sur son épaule, une vague de chaleur envahit son corps :

– Si l'oncle Bob est d'accord, tu es invitée avec ton frère à assister à l'une de nos cérémonies. Nous vivons ici depuis des milliers et des milliers d'années, c'est notre peuple qui est le gardien de cette terre. Nous sommes les premiers habitants de l'Australie, tu sais...

Il est grave et soudain ses yeux sont tristes :

– Tu vas rencontrer nos Anciens. Quand ils nous quitteront, c'est notre Loi et notre culture qui mourront avec eux.

Hector s'égare...

Mais qu'est-ce qu'ils fichent donc ? Ça fait au moins trois heures qu'ils sont partis, leur balade à cheval dure une éternité, j'espère qu'il ne leur est rien arrivé. Ils m'ont laissé seul au *homestead* – c'est comme ça qu'ils appellent ici leur maison – avec Suzy la nounou qui fait le ménage, la cuisine, s'occupe du potager, des manguiers et des papayers, et surtout de l'élevage d'autruches. Il y en a au moins quarante parquées dans un enclos, oncle Bob les élève pour la viande, pour faire des sacs et des chaussures en cuir, et pour leurs œufs énormes qu'il donne à Joe : il paraît que les Aborigènes peignent sur leurs coquilles les contes de leur *Dreamtime*, et qu'ils vont les vendre aux boutiques de souvenirs d'Alice Springs.

Suzy m'explique que le *Dreamtime* est le « Temps du Rêve », la manière dont ils voient la vie. Pour eux, le vrai monde est celui qu'on ne voit pas, celui que l'on peut seulement rejoindre dans ses rêves ou par la pensée. C'est là que vivent leurs ancêtres et tous leurs héros, qui ont inventé il y a très longtemps la Terre et ses habitants, et ont laissé partout des traces de leur passage : certains rochers sont ainsi les corps de héros qui se sont battus, les pierres rouges la trace de leur sang, et la rivière qui coule au milieu, leur sueur. Des arbres ont poussé là où des héroïnes ont planté leurs bâtons, et des grottes se sont creusées là où elles ont tournoyé en dansant. Des trous d'eau ont surgi là où a disparu le Serpent arc-en-ciel, un esprit très puissant qui vit sous terre, et peut faire tomber la pluie ou l'arrêter...

– C'est grâce à ces empreintes que les héros restent éternellement vivants, me dit encore Suzy.

Je pourrais écouter le « Temps du Rêve » sans arrêt, c'est comme ma collection des « Contes et Légendes », sauf que le *Dreamtime* n'est pas raconté dans un livre, mais est écrit sur le sol, avec des arbres, des mares et des pierres à la place des mots.

– Les Aborigènes lisent la terre comme un livre, m'a répété Suzy avec son drôle d'accent qui gratte la gorge...

Moi je l'aime bien avec ses nattes qui rebiquent et ses yeux qui rigolent, même si j'ai du mal à comprendre son anglais, parce qu'elle avale la moitié des mots. Elle sait aussi cuisiner tous les petits plats du bush, ce matin elle m'a fait un *damper* – sorte de brioche aux raisins cuite sous la cendre – et un œuf d'autruche sur le plat, mamma mia, le jaune remplissait toute la poêle, c'était un repas d'ogre !

Bon, plutôt que de m'énerver je vais partir à leur rencontre, il suffit de suivre l'allée de terre, de longer la barrière du paddock, de prendre le petit sentier qui passe à travers les buissons et mène au lit de la rivière... Oh, ces odeurs de poivre et de résine de pin, comme dans le Midi, ça vient des spinifex, ces touffes blanches et épineuses qui servent à allumer les feux. Et puis ces pois de senteur écarlates au cœur noir, les *desert peas*, dont les kangourous se régalent, m'a dit Suzy... Vite, prendre mon calepin et les dessiner pour m'en souvenir.

Un drôle de froissement, un petit sifflement... Une grosse lanière noire avec un lézard qui gigote dans sa gueule traverse le chemin, quelle horreur ! Surtout pas de mouvement brusque a dit oncle Bob. Il ressemble au *kingbrown* qu'il m'a montré en photo... l'espèce de serpent la plus mortelle ! Ne pas respirer, faire la pierre, il rampe vers l'herbe, sa tête disparaît, ça y est, il a filé... C'est arrivé si vite que je ne sais même plus si je l'ai vu, sauf que mes jambes n'arrêtent pas de trembler. Tiens, où est la rivière ? Le sentier devient étroit comme un lacet, le bush va finir par l'avaler… et toujours pas de *creek*, cette rivière à sec où ils sont partis galoper. Pas un arbre à l'horizon, pas un arbre à perte de vue, mamma mia, j'ai la tête qui tourne, ce soleil me donne le vertige, pourvu que… Quand on se perd dans le bush, c'est fichu !

À L'AIDE, ONCLE BOB !

– Bon, Joe tu files vers le paddock, moi je vais longer la rivière, et Suzy va inspecter le verger. Bon sang de bon sang, ce distrait d'Hector n'a tout de même pas pu aller bien loin, et puis il a emporté sa gourde. Mais quelle mouche a bien pu le piquer pour filer tout seul sans prévenir Suzy, en plein midi ? Décidément, mes deux neveux sont à surveiller de très près, l'un rêve le nez en l'air sans savoir où il est, l'autre fonce tête baissée sans voir le danger. Tiens, un morceau de papier est accroché à une épine d'acacia : « Oncle Bob, je me suis perdu, suis les feuilles de mon calepin. Arrive vite, il fait très chaud, j'ai la tête qui tourne et je n'ai plus d'eau… »

Vite, suivre les petits papiers comme des cailloux blancs, mais au bout du sentier plus rien, il a fini par épuiser son carnet. Aller vers la rivière coûte que coûte, le retrouver avant que la nuit tombe, il a peut-être atteint le premier trou d'eau… Un drôle de gémissement, tout près, derrière les bosquets… Mon pauvre Hector ! Il s'est enseveli sous un tas de feuilles d'eucalyptus, sa tignasse blonde dépasse à peine, il est écarlate, ses yeux sont boursouflés et ses lèvres toutes craquelées…

– N'aie pas peur petit, c'est moi, c'est oncle Bob, je te ramène à la maison.

J'ai l'impression d'avoir dans les bras un petit chiot qui gémit tout le long du retour et trempe ma chemise de larmes.

Il n'est pas si simple de transformer des rats des villes en rats du bush, foi d'oncle Bob !

La danse du kangourou

La cérémonie se déroule dans une clairière, tout près de la rivière. Des femmes assises dans leurs jupes à fleurs, torses nus, s'enduisent les seins de graisse, puis, après avoir trempé leur doigt dans une pâte blanche, jaune ou rouge, dessinent sur la poitrine de leur voisine des colliers de points minuscules, des rangées de cercles, de lignes, ou de méandres, qui leur couvrent tout le haut du corps. Les hommes assis sous les arbres avec les enfants se sont mis à chanter et à taper deux bâtons l'un contre l'autre. Ils se sont fait des masques blancs, certains ont le torse couvert de duvet d'autruche. Le plus vieux, coiffé d'une couronne de plumes, s'est mis à souffler dans un didjeridoo, une longue trompette recourbée qui va jusqu'à terre. Ses joues se gonflent et se dégonflent comme un soufflet, un son grave et répété sort de son instrument sans interruption, il ne reprend jamais sa respiration.

Les femmes arrivent à la queue leu leu et se mettent à danser en agitant des branches d'eucalyptus pour chasser

Les hommes assis sous les arbres avec les enfants
se sont mis à chanter et à taper deux bâtons l'un contre l'autre.

les esprits : elles avancent par tout petits sauts qui font voler à la ronde des nuages de poussière beige. Elles chantent d'une voix rauque toujours le même air, s'arrêtent d'un coup pour pleurer en se frappant la tête, mais aussi pour éclater de rire, ou se mettre en colère. La vieille Aborigène assise entre Hector et Fanny leur raconte qu'elles dansent pour raconter la mort de leurs ancêtres, mais aussi pour régler leurs querelles, y compris les jalousies amoureuses... ce qui fait pouffer de rire Fanny, qui a retrouvé sa joie de vivre.

Puis c'est au tour des hommes de danser. Les enfants éberlués voient oncle Bob suivre Joe et sauter en cercle avec lui :

– Ça, c'est la danse du kangourou. Bob est autorisé à y participer, nous le considérons comme l'un des nôtres, dit gravement la vieille femme.

Bob a peint son visage en blanc, il fait des bonds en rythme avec les autres, tourne la tête de tous côtés pour mimer le kangourou aux aguets. À la fin ils poussent ensemble un grand cri et vont se rasseoir sous l'arbre.

Les femmes sortent alors de terre des poissons entourés de feuilles qu'elles ont cuits sous la cendre, et font circuler une marmite fumante. Oncle Bob rejoint Hector et Fanny, et leur fait goûter la soupe de kangourou. Fanny dévore un morceau de queue en s'exclamant que cela a bien plus de goût que le poulet. Hector n'a pas faim, il n'avale que le bouillon, tout en ne quittant pas des yeux Joe dont le regard semble s'envoler très loin, traverser l'eau, la clairière, et toute la forêt.

– Tu fais partie de leur tribu, oncle Bob ?

– Je n'en ferai jamais partie, Hector. Pour cela, il faut

être né comme eux sur cette terre, car c'est sur ton lieu de naissance que réside ton esprit, ton *tjila*, le souffle qui anime toute vie... l'âme si tu préfères. Mais ils me respectent comme l'un des leurs : après m'avoir observé longtemps, ils m'ont donné un nom de peau, comme ils disent, et je fais maintenant partie de la famille de Joe... Mais ne sois pas trop impatient petit, regarde-les vivre, accompagne-les en silence, et bientôt tu en sauras plus que tous les discours.

Hector rejoint Joe au bord de la rivière. Le soleil couchant met le feu au ciel et à l'eau, des oiseaux hauts sur pattes au bec recourbé attrapent sur les berges les poissons-chats, des chauves-souris volent en bande vers les arbres à baies, deux yeux rouges et une mâchoire effilée glissent tout près, Hector pousse un cri...

– N'aie pas peur, c'est un *Johnson*, ces crocodiles d'eau douce ne sont pas dangereux.

Joe ramène Hector contre lui, passe le bras autour de son épaule, et se met à fredonner un air grave qui semble sortir de son ventre :

– En chantant, je fais vivre les esprits, et eux, en retour, nous maintiennent en vie. Ils ne sont pas morts, ils continuent à venir de la terre, depuis toujours. La terre aussi est vivante, elle nous parle jour et nuit, et nourrit sans cesse notre Rêve. C'est pour cela que le Temps du Rêve n'aura jamais de fin...

D'un coup, tout redevient calme et paisible, rien de grave ne peut arriver, Hector se sent protégé pour la première fois. Dans le noir, les femmes aussi se sont mises à chanter, des airs très doux. Fanny s'est endormie contre l'épaule de Bob, les étoiles sont si près qu'elles semblent accrochées à la pointe des arbres. Tout est bien.

Chapitre III

En route vers l'océan Indien

Le chercheur d'or et le dingo

Oncle Bob vient de mettre nos trois *swags* – matelas qu'on déroule pour dormir à la belle étoile – dans le coffre du camion : il a décidé de nous faire découvrir son Australie magique, youpi ! Fanny saute sur le siège avant, je m'en fiche, je préfère tout voir par la vitre arrière, on est plus tranquille. Joe referme derrière nous la grille du homestead, c'est lui qui va garder le ranch. Et nous voilà partis direction Broome, le port des pêcheurs de perles, tout au bout du Far West australien, les Kimberleys. J'ai sorti mon petit carnet, nous venons de croiser les Devils Marbles, un tas d'énormes pierres comme un empilement de dents crachées par un dinosaure... puis plus rien, c'est le désert du Tanami, un plateau de terre rouge craquelée avec des petites touffes d'herbe jaune, sur des centaines de kilomètres.

Juste avant d'obliquer vers l'Ouest, nous nous arrêtons à Daly Waters devant un drôle de poste à essence : derrière la pompe où sont parqués deux tri-remorques remplis de vaches se cache une minuscule cabane en zinc avec des tables faites de tonneaux et de vieux pneus. Un barbu sort de la buvette avec un hot-dog dégoulinant de ketchup. Je n'ai jamais vu une dégaine pareille : son chapeau de cow-boy est bordé de bouchons qui s'agitent comme des grelots pour éloigner les mouches, et lui cachent complètement les yeux. Avec son short déchiré, ses Pataugas trouées, son visage tout poilu et ses bras remplis de tatouages, on dirait un vrai sauvage. Il s'approche d'oncle Bob et discute avec lui, puis va chercher un vieux sac de jute à l'arrière d'une camionnette où sont empilés un Frigidaire, des jerricanes, un Butagaz et des tabourets.

– Les enfants, je vous présente Rick. Sa voiture est en panne, il va venir avec nous jusqu'à Halls Creek.

Rick nous raconte qu'il est chercheur d'opales à Coober Pedy, bourgade en plein désert au sud de l'Australie, mais qu'il a dû s'enfuir parce qu'on l'a accusé d'aller fouiller la nuit dans le filon de ses voisins... Et là-bas, ça se règle à coup de fusil ! Je le regarde, il n'a pas l'air affolé, il a abandonné sa camionnette et toutes ses affaires sans se retourner, comme s'il s'en fichait. Fanny le dévore des yeux :

– Mais maintenant, qu'allez-vous devenir ?

Il hausse les épaules :

– Je vais tenter ma chance près de Halls Creek. Il paraît qu'on trouve encore de belles pépites dans les anciennes mines d'or... Ils les ont abandonnées sans se douter que, juste en dessous, dormaient encore des trésors. Une vraie caverne d'Ali Baba...

Il cligne des yeux et éclate d'un rire d'ogre. Vite, le dessiner, c'est mon premier chercheur d'or !

Le soir, je ramasse des branches sèches avec Rick, il m'apprend à allumer un feu de camp. De temps en temps, je regarde de côté ses yeux fous, peut-être qu'il a vraiment volé des opales, et qu'il peut lui aussi sortir son fusil... Ça me fait un peu frissonner, mais c'est drôle, avec oncle Bob je commence à ne plus avoir peur. Et puis c'est tellement plus excitant qu'à Orléans, ici on apprend tout le temps. Ils sont en train de dérouler les swags au pied des eucalyptus, les steaks cuisent sur la braise, moi j'inspecte notre campement avec ma torche...

Un bruit de feuilles, je pile net, cela se rapproche, on dirait des bonds très légers, j'ai la gorge sèche, je ne peux même pas crier... Deux yeux jaunes brillent soudain dans le noir, et puis deux oreilles pointues et un museau fin, je retiens mon souffle, le poil est jaune aussi, on dirait un petit loup, ou plutôt un renard, en plus maigre et plus musclé... Il me fixe comme s'il n'avait jamais vu d'homme, il a l'air vraiment sauvage, peut-être qu'on a la même peur... Un éclair doré, il vient de bondir, il a disparu. Je sens encore son odeur de fauve...

– Hector, ne crains rien, c'est un dingo, un chien sauvage, l'odeur de la viande l'a sûrement attiré.

Oncle Bob m'a préparé un sandwich « spécial outback » avec un steak, du bacon, de la saucisse et deux œufs au plat entre deux toasts. Mais je ne cesse de penser au dingo, à son énergie inouïe, à sa liberté, au regard étrange qu'il m'a lancé, si sauvage… et qui semblait me poser des questions, les mêmes que les miennes : Qui es-tu ? Peux-tu me faire du mal ? Es-tu vraiment si différent de moi ?

Je glisse dans mon swag, et, sous la torche, j'essaie de dessiner ses yeux à plusieurs reprises. Mais ils sont trop doux, ou trop dociles, ou familiers, comme ceux de chez nous. Un jour, je suis sûr que j'y arriverai.

C'est Fanny qui me réveille, elle me chatouille le nez avec une brindille :

– Regarde juste au-dessus de toi, tout en haut de l'arbre.

Des guirlandes d'oiseaux roses et blancs viennent d'ouvrir d'un seul bloc leurs ailes, comme les pages d'un livre, pour les faire sécher aux premiers rayons du soleil.

– Il paraît qu'on les appelle les *Lovebirds*, c'est mignon, non ?

Elle veut me faire un petit bisou, mais soudain tend le cou :

– Écoute !

On dirait que le sol se met à trembler, c'est comme un bruit de tambour très lointain, et puis ça se rapproche, ça ressemble à un grondement, non plutôt à un martèlement de sabots, à des animaux en fuite…

– Attention !

Une famille de chevaux sauvages débouche au grand galop, traverse la clairière crinières et queues au vent, j'ai juste le temps de sentir leur souffle, d'entendre dans mon ventre leur piétinement, et ils disparaissent dans un grand nuage de poussière...

– Décidément, vous êtes gâtés les petiots...

Oncle Bob et Rick viennent juste de sortir la tête de leur swag, ils n'ont pas bronché, on dirait que rien ne les surprend...

– Le bush du désert central est plein de chevaux sauvages, mais aussi de chameaux qui ont repris leur liberté... N'oubliez pas que c'est sur leurs dos que se déplaçaient les premiers explorateurs blancs. Mais quand sont arrivés le train et la voiture, ils les ont relâchés dans la nature, et ils y courent toujours !

Nous plions bagage, je regarde une dernière fois notre campement, la trace noire du feu : je veux me souvenir pour toujours de cette nuit en Australie où j'ai rencontré mes premières bêtes sauvages.

Nous venons de déposer Rick à Halls Creek, il a glissé dans ma poche un petit sachet de plastique où brille un caillou transparent, vert doré :

– Tu as de la chance, c'est une belle opale, m'a dit oncle Bob.

Je n'ai pas eu le temps de le remercier, je lui ai à peine parlé...

– Cela arrive souvent chez les gens du bush. Quand ils

vous font confiance, ils peuvent vous donner leur chemise, sans rien attendre en échange… comme font les Aborigènes.

Nous traversons maintenant des forêts parsemées d'arbres aux troncs argentés et aux branches noueuses. Ce sont les premiers baobabs, signe que nous sommes maintenant dans les Kimberleys. Oncle Bob roule à toute allure, il semble pressé d'arriver. Cela fait presque deux jours que nous sommes partis, et Fanny vient de calculer que nous avons fait… presque trois mille kilomètres ! Maintenant, elle a le nez collé à la vitre avant, elle veut être la première – comme d'habitude – à voir la mer.

Les cocotiers commencent à remplacer les baobabs, du sable blanc se mélange à la terre rouge, des vols de gros pélicans traversent le ciel, une drôle d'odeur salée se mélange à celle de la poussière…

– La mer, là, juste en face ! hurle Fanny.

Je vois au loin une ligne bleu-vert. Nous filons entre des maisons blanches en tôle, bordées de dentelle en fer forgé et de fleurs roses ou violettes de bougainvilliers. Il n'y a pas de barrières, tous les jardins communiquent, comme si vivait là une même famille ou une bande d'amis. Un dernier virage devant un magasin avec un toit chinois… Que c'est beau ! Devant moi scintille un golfe d'eau émeraude, laiteuse comme une huître, où se balancent de vieux rafiots en bois.

– Nous sommes à Broome les enfants. Et voici l'océan Indien avec ses anciennes *luggers*, les premiers bateaux des pêcheurs de perles.

Je respire l'odeur d'algue et de sel, Fanny ramasse un splendide coquillage, jaune et rouge avec des points noirs, deux petites Aborigènes aux yeux bleus étranges sortent de l'eau avec un énorme crabe rouge à pince unique. Oncle Bob contemple la mer, son esprit s'envole ailleurs, très loin, comme quand il rêve devant la Voie lactée. Demain, nous allons rencontrer Graham, son vieux copain pêcheur. Il paraît qu'il nous réserve une sacrée surprise…

Vers les côtes sauvages

On vient de larguer les amarres, Broome n'est plus qu'un village de poupée, je danse de joie sur le pont, « une vraie fille de marin » me dit Graham.

Teuf, teuf, teuf, teuf, j'adore le petit bruit du bateau de Graham, et son nom, le *Lion des mers*, qui va si bien avec la tête ravinée du capitaine. Impossible de lui donner un âge au capitaine, ses lèvres et son nez sont trop rongés par le sel ! Cela fait quarante ans qu'il pêche le barramundi, un saumon très recherché, le long de la côte et des rivières des Kimberleys, et qu'il est le seul maître à bord de son vieux rafiot. Hector titube sur le pont, il a un peu le mal de mer, mais il ne se plaint plus, on en fera un vrai moussaillon.

On a chargé la cale et le freezer de viande, de fruits et de légumes, nous partons pour deux semaines à l'aventure, vers les rivières sauvages du nord-ouest, et les endroits magiques découverts par Graham. Nous longeons la côte rouge et déchiquetée, pas un chat, pas un port, on entend juste le sifflement des vagues qui tourbillonnent au creux des rochers. À l'arrière, Bob (il veut maintenant qu'on l'appelle juste par son nom, comme un ami qu'on aurait choisi) a lancé ses lignes au milieu d'un banc d'énormes maquereaux argentés, qui avancent comme des lames dressées au-dessus de l'eau, en donnant de grands coups de queue :

– Ne reste pas trop près Fanny, si l'un deux atterrit sur le pont, il peut te scier net la cheville d'un coup de mâchoire.

Je rejoins Hector à l'avant, il est penché au-dessus de l'eau :

– Chut, regarde !

Une famille de dauphins s'amuse à l'avant du navire, saute, plonge, fait des arabesques, ventres en l'air, ventres en bas, bascule de côté et nous regarde d'un œil rond qui semble nous inviter à venir jouer.

– Fanny, on dirait qu'ils veulent parler, nous dire qu'ils sont comme nous, écoute, ils cognent contre la coque, ils font des sons stridents, ils ne veulent pas nous lâcher…

Ça, c'est du Hector tout craché, il finirait par me faire croire que ce sont des êtres humains, ou même des sirènes, quelle imagination !

Je rejoins Graham dans la cabine, il m'apprend à faire marcher le sonar, à lire les fonds et repérer sur l'écran les bancs de poissons, et puis à tourner avec lui la roue de pilotage.

– Regarde, petite, juste devant, ce sont les Cockatoo islands, les îles de la Perruche, c'est là que nous allons jeter l'ancre pour la nuit.

Teuf, teuf, teuf, le moteur ralentit devant une petite île en forme de pyramide bordée de sable blanc. Bob et Graham font glisser l'ancre, le cliquetis de la chaîne fait fuir une famille de tortues géantes qui paressait sur la plage. Nous chargeons le petit canot – qu'on appelle ici *dinghy* – de nourriture, de sacs de couchage et de bois, et sitôt débarqués, nous allumons un grand feu tout près des vagues.

Hector s'est éloigné, il arpente la plage le nez au vent, quand tout à coup il revient en courant, l'air effrayé :

– Ils ont des lances, ceux-là sont sûrement dangereux Graham !

Au bout de la plage, dans l'eau jusqu'à mi-cuisses, apparaissent deux Aborigènes brandissant des harpons... Graham éclate de rire.

– Ils pêchent, Hector, ils cherchent le dugong, un éléphant de mer délicieux qu'eux seuls ont le droit de chasser.

Un éclair, suivi d'un gros remous dans l'eau, et toc, le plus grand tire sur la plage un gros poisson blanc avec une tête de chien. Il le découpe très vite et nous en offre un morceau. Mais il ne reste pas avec nous, et va manger plus loin avec son ami, en nous tournant le dos.

– C'est leur coutume, le repas est un rituel qu'ils partagent entre eux, à l'écart des Blancs.

Plus tard, ils reviennent s'asseoir avec nous, et le plus vieux dessine dans le sable, devant moi, un poisson-chat :

– Tu vois, c'est mon totem. Je le dessine pour appeler le poisson et que la pêche soit bonne. Mais si j'attrape un poisson-chat, il faudra que je le relâche, car il est interdit de manger son totem, sinon, on fait disparaître toute l'espèce.

Et puis ils s'en vont, aussi vite qu'ils sont venus, ils s'évanouissent au bout de la plage, avalés par le sable, ou le ciel, ou bien la mer... Et au moment de dormir, je ne sais même plus si je les ai vraiment vus, ou si j'ai seulement rêvé.

Au bout de la plage, dans l'eau jusqu'à mi-cuisses,
apparaissent deux Aborigènes brandissant des harpons…

Cela m'arrive souvent en Australie. C'est peut-être cela « un pays magique », comme l'appelle Bob. Un pays où tout ce qui vous arrive est tellement surprenant, nouveau, extraordinaire qu'il faut se pincer pour être bien sûr qu'on n'a pas la berlue. Et j'ai l'impression que cela ne fait que commencer...

Les pillards du bush

Cela fait trois jours que nous avons quitté Broome et, même Fanny n'en revient pas, je n'ai déjà plus le mal de mer. Je ne sais pas si Hugo et les parents se doutent de ce qui m'arrive, en tout cas ils n'auront plus le droit de me traiter de poule mouillée. Teuf, teuf, teuf, j'aime le petit bruit du bateau, il m'aide à m'endormir. Cette nuit, j'ai mis mon matelas sur le pont pour profiter de la lune et des étoiles, et ce matin j'ai été réveillé par de grands splashs... Devinez ce que j'ai vu... Trois lions de mer qui jouaient avec de petites raies et se les renvoyaient du bout du nez comme un ballon de basket. Incroyable ! Sans parler des dauphins qui nous guident depuis le début du voyage. Grâce à eux j'ai de moins en moins peur, mais je préfère ne pas en parler, on me prendrait pour un fada. Pourtant, je suis sûr que Graham me comprendrait : un matin, je l'ai surpris à l'avant en train de leur jouer un air de flûte, et ils sortaient leurs têtes de l'eau, et les balançaient en cadence... Mais, motus, j'ai tout raconté dans mon petit carnet.

Personne n'est levé, à part Graham qui me sourit dans la cabine de pilotage. Il paraît que nous allons bientôt arriver dans l'estuaire de Prince Regent River, la rivière où

Graham pêche le barramundi. Des mouettes se battent sur le pont autour d'une tête de poisson, des cormorans leur tombent dessus pour la leur arracher, mais c'est un gros albatros qui à grands coups de bec les fait fuir et emporte le morceau… La nature, c'est aussi la loi du plus fort, il faut se battre pour rester en vie !

Le moteur ralentit, Fanny et Bob nous ont rejoints, le bateau quitte la mer et s'engage dans une anse d'eau plus calme. Je vois Graham froncer les sourcils : une vedette de police sillonne la baie, elle vient d'accoster un gros chalutier. Peu de temps après, elle se dirige vers nous, deux policiers montent à bord. Ils connaissent Graham, on sort les canettes de bière. Ils lui expliquent que les trafics louches se multiplient entre l'Australie et l'Indonésie, et que les escrocs utilisent de plus en plus de faux bateaux de pêche pour transporter de la drogue, des armes, des peaux ou des pierres précieuses. Ils lui demandent de les aider à détecter les navires suspects.

Fanny est tout excitée. Graham n'a pas l'air surpris, ni oncle Bob. Quand les policiers sont partis, Graham nous explique que le nord-ouest des Kimberleys est une région si sauvage et isolée qu'elle est devenue le repaire des truands, qui peuvent aller et venir sans se faire prendre. Depuis quelques années, les garde-côtes sillonnent la région en avion ou sur des vedettes, mais il est difficile de surveiller des centaines de kilomètres de côte sauvage, des rivières encaissées, et un bush impénétrable.

Le lendemain nous quittons l'estuaire, nous avançons dans la rivière entre deux falaises rouge sang. Pas un bateau, pas un bruit, des hérons blancs plongent leurs longs becs dans les berges boueuses, des aigles immenses tournoient au sommet des falaises, on dirait qu'aucun homme n'est venu ici, que c'est un royaume oublié au fin fond de la Terre. Tout le monde retient son souffle, même Fanny qui, assise sur le toit de la cabine, surveille en silence les eaux beiges... Tout à coup, elle me fait signe de la rejoindre. D'en haut, je vois apparaître de drôles de remous autour du bateau, puis deux yeux rapprochés surgissent de l'eau, mamma mia, et une énorme mâchoire qui bâille et montre toutes ses dents...

– Un crocodile ! À droite ! Énorme !

Cette fois-ci c'est Fanny qui a crié.

– Ne crains rien petite, la rivière en est pleine, mais ils sont tellement gavés de poissons qu'ils ne font pas attention à nous... Et puis tu sais, la chair humaine, ils se rabattent dessus quand ils n'ont rien de mieux à croquer ! Mais ne t'amuse pas à aller les taquiner, ce sont des crocodiles d'eau salée, ils auraient vite fait de te happer et de te noyer, juste pour se distraire.

Teuf, teuf, teuf, teuf, nous avançons plus loin dans la rivière, les berges deviennent de plus en plus boueuses, de gros crabes de vase courent entre les palétuviers. Bob vérifie à l'avant, à l'aide d'un bâton, la profondeur de l'eau.

– Tu vois petit, ce sont des coins si reculés, les marées sont si fortes et les fonds si changeants, qu'il n'existe aucune carte de ces rivières... sauf dans la tête de Graham.

Le bateau ralentit, s'arrête à un embranchement, c'est là que Graham pose ses filets à barramundi. Bob saute avec lui dans le dinghy, il a chaussé ses grandes bottes, pris son couteau et le rouleau de corde : il a l'habitude d'aller pêcher avec Graham, ils se comprennent au quart de tour, sans parler. Le dinghy dépose Bob sur la berge, et pendant que Graham fixe le filet avec un pieu dans l'eau profonde, Bob va attacher l'autre extrémité au tronc d'un palétuvier, sur le rivage. Perché sur le toit, je le vois s'enfoncer jusqu'aux cuisses dans la boue, on dirait un insecte collé dans du miel... Soudain il tourne la tête, un bruit de branches cassées vient des palétuviers... Quelle horreur ! Un crocodile lui fonce dessus... Il est pris dans la boue, il ne peut pas se sauver ! À l'aide ! Une détonation, Graham vient de tirer, le crocodile s'écroule à dix mètres de Bob. C'est bête, je me mets à pleurer, Fanny est toute blanche et n'arrête pas de trembler.

Ils reviennent tous les deux en tirant le crocodile mort derrière le dinghy.

– Les enfants, voici notre première pièce à conviction : ce crocodile a plusieurs balles dans le flanc. Il a déjà été blessé par des trafiquants de peaux qui n'ont pas réussi à l'attraper. Mais ils l'ont suffisamment amoché pour qu'il ne puisse plus se nourrir normalement : c'est pour cela qu'il a attaqué votre oncle.

Bob est un peu pâle mais il sourit. Graham lui tend une bouteille de whisky, il en boit de grosses gorgées, directement au goulot. C'est comme ça que, dans les films, les vrais héros font passer leur peur, sans en parler à personne.

Ce soir, je rejoins Fanny sur le toit, on y a mis nos deux matelas, j'ai peur de dormir tout seul. Dans la nuit

Quelle horreur ! Un crocodile lui fonce dessus…

des paires d'yeux rouges se baladent autour de la coque, je sais que c'est encore eux, il va falloir s'habituer, ils étaient là bien avant nous. C'est drôle, la nature est si belle, et en même temps si cruelle, le paradis se change en enfer, la vie et la mort ne tiennent qu'à un cheveu... Je me sens tout petit, perdu dans ce royaume sans êtres humains, ce silence plein de menaces. Je me serre contre Fanny.

– Ne t'en fais pas mon petit biquet, Bob et Graham nous protègent. Et puis, imagine tout ce que nous aurons à raconter...

Je n'entends pas la fin, c'est sa voix qui me rassure, comme à Orléans, je sens que je vais m'endormir tout de suite.

La course aux trésors

Pour leur faire oublier leurs mésaventures, Graham et Bob ont décidé d'emmener Hector et Fanny en excursion pour deux jours, et de remonter à pied un bras de la rivière, jusqu'à sa source... dont le fond est tapissé de magnifiques cristaux de quartz. Les sacs à dos chargés, ils commencent à remonter le long des berges jusqu'à un plateau caillouteux qui surplombe l'eau. De là, ils empruntent un sentier de chèvres bordé de palmiers et de fougères arborescentes, et parsemé de vasques d'eau fraîche : ils y plongent après la pause pique-nique et se font sécher contre les racines gorgées de soleil d'un pandanus... Hector recommence à croire au paradis sur terre.

Puis la marche reprend, et au bout de trois heures d'escalade au-dessus de la vallée, Graham quitte le sentier et s'enfonce en pleine jungle. À l'aide d'une petite machette, il ouvre le chemin jusqu'à un surplomb dans lequel est creusée une profonde caverne. Prenant Hector et Fanny par la main, il les fait rentrer en silence dans la grotte. Quand leurs yeux commencent à s'habituer à l'obscurité, ils découvrent que la paroi est couverte de dessins rouge et brun. Certains représentent des barramundis, des hérons ou des canards dont on a aussi peint le cœur, l'estomac et les intestins, comme si on les voyait en transparence... La même chose pour les êtres humains, représentés par de longues figures filiformes dont tous les organes sont dessinés, comme sous l'effet des rayons X. Certains chassent avec des harpons ou des boomerangs, une femme debout, jambes écartées, est en train d'accoucher, une autre déterre des œufs avec un bâton. Plus loin, des têtes sans nez ni bouche, aux grands yeux écarquillés, entourées d'une sorte d'auréole, font penser à des anges, ou des extraterrestres.

– Ce sont les Wandjina, les Aborigènes les ont peints avec du sang de mulet il y a plus de vingt mille ans. Vous ne les trouverez que dans cette région, ce sont les esprits gardiens des Kimberleys.

La voix de Graham est grave, après un long moment de silence, il reprend :

– C'est dans cette cave que j'ai rencontré David Mowaljarlai. C'est lui qui m'a initié à sa culture, appris à survivre dans cette région, montré tous les bons coins à barramundi, et donné mon nom de peau. C'est ici qu'il emmenait de jeunes Aborigènes pour leur transmettre la Loi de sa tribu, et les initier à la peinture... Il s'est battu jusqu'au bout pour que la tradition se perpétue, et que son peuple ne s'éteigne pas.

La voix de Graham s'étrangle, ses yeux brillent.

– C'est devant cette cave que furent célébrées ses funérailles. Les Anciens étaient arrivés de partout, certains sont venus à pied, ils ont marché pendant trois semaines... C'était un grand homme, un vrai sage.

Ils quittent la cave en silence, et redescendent vers la rivière. Le soir autour du feu, Graham leur raconte que David dessinait souvent sur le sol un entrelacs de cercles et de méandres, tous reliés par des traits. Et il lui disait :

– Cette peinture signifie que la terre est comme une immense toile. Tu vois la manière dont sont placés les traits : il n'y a aucun espace vierge, tout le terrain est couvert. Tout a toujours été partagé par tous. Personne n'est à l'écart de la chaîne : les enfants, comme les femmes et les hommes, tous les oiseaux et les animaux, toutes les choses, toutes les créatures vivantes. Tout est inclus, on vit tous à l'intérieur du réseau de partage, pour toujours.

En redescendant de la cave, Hector et Fanny gardent le silence. Même s'ils ne saisissent pas tout, ils sentent que ce que leur dit Graham est important. Comme les petites phrases de Joe, et la cérémonie où Bob a dansé. Ils découvrent une nouvelle manière de voir la vie, de regarder le monde, de comprendre le rôle de l'homme sur cette Terre. Et si le peuple qui se croit fort, celui des Blancs, avait fait fausse route ? Et si les pays riches, « civilisés », avaient oublié l'homme et sacrifié la Terre dans leur course au progrès ? Oublié de partager...

Le lendemain, Graham a retrouvé sa gaieté. Il entraîne la petite troupe d'un bon pas vers la source, il veut y arriver au moment où le soleil l'illuminera... Mais, chut ! Bob ferme la marche et ramène dans le rang Fanny et Hector qui s'amusent à courir derrière les crabes de boue. La rivière se resserre et ressemble de plus en plus à un ruisseau, la gorge se rétrécit, la source ne doit plus être bien loin. Encore un peu d'escalade, et ils débouchent sur une dalle de pierre gorgée de chaleur. Ils aperçoivent devant eux une cascade qui dégringole d'un mur de...

Éblouis par le soleil, ils n'aperçoivent d'abord que les reflets irisés de cent arcs-en-ciel qui semblent accrochés aux éclaboussures de la cascade. Ils s'approchent... et découvrent, émerveillés, une paroi entièrement tapissée d'énormes cristaux de quartz translucides, qui scintillent de feux multicolores, comme une traîne de diamants... Ils arrivent tout près, caressent leurs angles pointus, leurs faces lisses et transparentes, balayent du doigt les milliers de pointes de lumière qui ont poussé sur ce mur pendant des millions d'années, comme dans un écrin. On dirait qu'ils essaient de comprendre avec leurs mains un secret, le mystère d'une telle beauté, de cette merveille enfouie au fin fond de la nature, faite de pierre, de lumière et d'eau, sculptée par le temps, la rivière, et le vent... et qui ne brille que pour elle seule, loin des regards envieux et des marchandages des hommes.

Bob ferme la marche et ramène dans le rang Fanny et Hector qui s'amusent à courir derrière les crabes de boue.

– Ils sont même venus ici, ces malfrats ne respectent rien !

Graham leur montre tout un pan de mur dont le quartz a été extirpé, cassé à grands coups de pioche.

– Cela date de quelques jours, une semaine pas plus, j'ai retrouvé la trace d'un feu et les restes d'un repas, à deux pas d'ici.

Bob glisse dans la poche de chacun de ses neveux un petit cristal qu'il a trouvé au pied de la cascade :

– Gardez-le en souvenir, les enfants. La beauté et la pureté attirent toujours la convoitise, l'homme veut se les approprier. Il oublie que, lui aussi, peut devenir comme un cristal de quartz, clair et pur, et qu'alors il n'a plus envie de posséder. Quand son cœur est juste, sa vie est comblée, il n'a besoin de rien d'autre… que de l'essentiel.

Le soleil décline et disparaît derrière la source, le ciel devient rouge sang, comme la roche. Puis en une seconde, comme chaque soir à la même heure, il se couvre d'un grand nuage noir qui passe en piaillant, et s'évapore à l'horizon : ce sont des milliers de chauves-souris qui, au couchant, commencent leur vie nocturne, et remontent la rivière vers les forêts d'arbres à baies, leur festin favori. Graham organise le camp dans une clairière toute proche, la cascade va leur servir de douche… Hector et Fanny s'y plongent de longues minutes, la trombe d'eau fraîche leur mord la peau du visage, les nettoie de toutes les émotions de la journée. Fanny masse les épaules d'Hector, lui shampouine les cheveux :

– Tu as grossi mon biquet, ton corps a changé et tes yeux aussi : on dirait que tout s'est agrandi !

Hector frissonne de plaisir.

Ils se retrouvent autour du feu, Bob a embroché deux gros crabes qu'il fait tourner au-dessus de la braise, Graham sort son harmonica et joue un air de Ted Egan, un cow-boy devenu roi de la country-music. Quand tout à coup il s'interrompt et tend l'oreille... Un bruit lointain de moteur vient du fond du ciel, et se rapproche. Le ronflement semble maintenant venir de la forêt, il s'approche encore, on pourrait presque le toucher. Et soudain, au ras des arbres, apparaît un petit avion qui se pose sans bruit, moteur coupé, à l'autre bout de la clairière. Bob éteint le feu d'une pelletée de terre, Graham cache les sacs sous la bâche, et tous rampent vers un bosquet de pandanus.

Quatre hommes sortent de la forêt, ils portent de lourds sacs de jute, des caisses en bois, et des cages d'osier où sont entassés des centaines d'oiseaux multicolores qui piaillent à tout rompre. L'avion est chargé en moins de dix minutes, il fait maintenant nuit noire, le pilote décolle au ras des arbres, et repart tous feux éteints en direction de la côte.

– C'était un avion Cessna, ils avaient un fort accent du bush..., murmure Graham. Et devinez qui était le pilote ? Rick, eh oui Rick, le chercheur d'opales que nous avons laissé à Halls Creek. Son histoire de filon d'or était sans doute un tuyau percé. Alors, à la première occasion juteuse – et dans ce coin sauvage truffé de hors-la-loi, les propositions malhonnêtes ne manquent pas ! – il s'est reconverti dans la contrebande de peaux, de pierres, et surtout d'oiseaux rares avec l'Indonésie : ces bandits vident le bush de ses merveilles, attrapent au filet perruches et perroquets rares qu'ils revendent deux mille francs la paire aux riches asiatiques... Vous voyez les enfants qu'il est simple de faire de l'argent rapide dans un pays neuf et inexploré comme l'Australie, surtout quand on n'a aucun scrupule...

Au moment de se glisser dans son sac de couchage, Hector retrouve dans sa poche, avec le petit cristal de quartz, l'opale vert doré que Rick lui a offerte. Il se souvient de son sourire. Il ne peut s'empêcher de penser que la vie est étrange et pleine de contradictions, comme ces deux pierres qui brillent toutes les deux dans sa main, et ont atterri dans la même poche.

Le ciel se fâche

Mon Dieu, que d'émotions ! Cela fait du bien de retrouver le bateau, et comme je suis la seule femme à bord, je me suis mise à astiquer le pont – maman n'en croirait pas ses yeux ! – comme si c'était notre vraie maison... Hector prend les crocodiles en photo et remplit les pages de son petit carnet, Graham et Bob sont partis relever les filets.

– Fanny, vite, viens voir !

Je rejoins Hector sur le toit, ils viennent de remonter leur pêche, le dinghy est plein à ras bord de barramundis argentés, mais aussi de poulpes, de poissons-scies et de requins-marteaux qui se sont aventurés au-delà de l'estuaire. Ils transvasent tout sur le pont... Leurs queues cognent contre le bois à tout rompre, leurs gros yeux nous fixent, leurs mâchoires battent la cadence, certains font d'énormes bulles ou cisaillent le tentacule d'un poulpe. Hector, interloqué, n'arrête pas de répéter : « c'est comme *Vingt Mille Lieues sous les mers*, en VRAI... »

Bob et Graham nous laissent profiter du spectacle, puis ils rejettent très vite dans la rivière, avant qu'ils ne s'asphyxient, les poissons immangeables. À midi nous dégustons notre premier barramundi, Graham l'a découpé en filets puis en petits dés qu'il a fait mariner dans du citron vert et de l'oignon, c'est délicieux !

Le bateau fait demi-tour, il est temps de rentrer : le vent s'est levé et le ciel s'est couvert, la rivière commence à être agitée. Graham voudrait mettre le *Lion des mers* à l'abri dans l'estuaire avant que la nuit tombe. Il met le moteur à plein régime, la coque commence à vibrer, Bob le rejoint dans la cabine, je les sens préoccupés. Le vent se met à souffler par rafales, le bateau tangue et n'avance plus, l'orage vient d'éclater et des trombes d'eau s'abattent sur le pont... Je commence à avoir sacrément peur, Hector est accroupi au fond de la cabine, il est vert, et ne dit plus rien. Encore un coup de tonnerre, la coque craque... et nous nous retrouvons dans le noir absolu. Horreur, l'électricité a sauté !

Graham vient de couper le moteur. Il allume les deux lampes tempête. Sa voix est calme :

– Les enfants, d'après la radio, il s'agit de la queue d'un cyclone qui a frappé Darwin et le nord du pays. Nous avons échappé au plus dur, et nous sommes tout près de l'estuaire.

Le moteur est devenu inutile, le courant est trop puissant, mais je connais Prince Regent par cœur, et à cent mètres d'ici, il y a un bras de rivière où nous pouvons nous réfugier et attendre le lever du jour.

Bob se met entre Hector et moi, et nous serre fort contre lui :

– Le plus dur est passé, mes petits, et Graham est un capitaine hors pair. On l'a même surnommé "l'invincible", vous voyez bien que vous ne craignez rien !

Alors, en silence, sans moteur, le bateau se met à descendre le courant, longeant les berges au plus près. À la lumière de la lampe tempête, je vois le visage concentré de Graham, on dirait un lion ramassé contre la roue de pilotage, prêt à bondir. Tout à coup, ses mains s'agitent dans tous les sens, il fait tourner la roue à toute vitesse vers la gauche, le bateau bifurque à un embranchement et se retrouve dans un affluent calme et peu profond. La coque cesse de tanguer, on peut enfin jeter l'ancre, nous sommes sauvés... Nous nous endormons tout habillés et à moitié trempés contre oncle Bob, plus rien n'a d'importance.

Au petit matin, le ciel est à nouveau bleu, la rivière paisible, pas un souffle de vent, à croire que tout cela n'était qu'un affreux cauchemar. Teuf, teuf, teuf, teuf, le *Lion des mers* redescend tranquillement vers l'estuaire... Mais au beau milieu flottent des troncs d'arbres déracinés, et l'eau, chargée de terre arrachée aux berges, est devenue toute marron. Graham a sorti une très vieille bouteille de Porto que Bob lui a offerte « pour les grandes occasions ».

– À la vie !

Nous trinquons tous, même Hector a droit à un petit coup.

– Eh bien, encore un baptême, au premier cyclone d'Hector et Fanny !

Nous trinquons encore, Bob nous sourit. Et moi je pense pour la première fois que la vie peut nous être retirée comme ça, en un clin d'œil. Qu'elle est très forte, mais aussi très fragile… Et que c'est un don très précieux. C'est bête, moi qui me prenais pour une fortiche, cela me donne envie de pleurer. Hector m'observe, les yeux brillants, il devine tout, eh bien tant pis si je craque… C'est drôle, on dirait que ça le rend plus fort.

Surfeurs et pêcheurs de perles

Tout est calme, la mer est plate comme ma main, le bateau glisse tout près de la côte. J'en profite pour faire plein de photos de rochers rouges déchiquetés, Hugo n'en croira pas ses yeux ! Nous longeons depuis une heure un ranch de moutons qui donne sur l'océan, et qui s'appelle Quobba Station. Il paraît qu'ici la terre est très pauvre, mais que le ranch est tellement grand que les propriétaires peuvent y élever des milliers de moutons… Imaginez que toute cette terre leur appartient, quatre-vingts kilomètres de côte sans rien, juste des touffes d'herbe par-ci par-là… Et puis, un petit carré de pierres et de tôles blanches, à côté d'un puits et d'une éolienne, là juste en face de nous : c'est leur homestead, unique habitation dans cette immensité, entourée de quelques arbres maigrichons, les seuls du ranch !

… le vent s'est levé et le ciel s'est couvert, la rivière commence à être agitée.

Est-ce qu'en France on me croira ? Vite, mon zoom, prendre des photos pour montrer que je n'ai pas rêvé.

La ligne des falaises s'adoucit, le bateau longe une série de petites criques, puis ralentit et s'engage dans un large chenal : Graham nous a promis une dernière surprise avant Broome... Nous arrivons dans une anse ovale, bordée de sable blanc d'un côté, et de l'autre d'une série de caves creusées dans la roche. Nous jetons l'ancre et débarquons avec le dinghy sur la plage. Une vingtaine de jeunes de l'âge de Fanny sortent des grottes, et viennent dire bonjour à Graham.

– Hector, Fanny, je vous présente la bande de Red Bluff, ce sont les meilleurs surfeurs de toute la côte.

Ils nous invitent alors dans l'une des caves... qui leur servent de maisons. Neil, le plus âgé, nous explique que pendant six mois ils gagnent leur vie dans les plantations de bananes, ou comme mousses sur les bateaux de pêche, et que le reste du temps, ils viennent à Red Bluff, « où les rouleaux sont uniques au monde », pour vivre leur passion, le surf.

La moitié d'entre eux a déjà attrapé une planche de surf, ils courent vers une série de vagues superbes qui arrivent au large... Et les voilà tous sur la crête des rouleaux, jambes pliées, bras tendus, comme des insectes équilibristes qui virevoltent entre les creux et les bosses, apparaissent, disparaissent, chavirent, se redressent en titubant, enfourchent une nouvelle vague sur laquelle ils glissent le plus longtemps possible, comme des skieurs... Vite, mon appareil photo, une guirlande de surfeurs s'envole à la crête d'un rouleau énorme... Et au milieu d'eux sautent des dauphins ! On dirait qu'ils les accompagnent, qu'ils suivent tous leurs mouvements, qu'ils veulent jouer avec eux, quelle beauté !

À la nuit tombée, ils reviennent tous vers leurs caves. Nous découpons avec eux un petit thon qu'ils viennent de pêcher, et nous le faisons griller sur la plage. Juste avant de partir, je prends des photos de Neil et de ses « mates » – mot australien qui signifie « potes » – leurs yeux paraissent immenses... Est-ce à force d'observer l'océan et l'infini du ciel que leurs regards n'ont pas de limite ? Je photographie aussi leurs grottes, les bougies dans les trous de la paroi, les filets à légumes qui pendent au plafond, leurs hamacs vissés à la roche, les tables et les chaises faites dans de vieilles souches d'arbres recrachées par la mer... Est-ce qu'Hugo va me croire si je lui raconte que pour Neil et ses amis cette anse désertique est un vrai paradis ?

Encore un jour sur le bateau. L'eau redevient vert bleu, couleur d'huître, nous devons approcher de Broome. Dernier arrêt à Kuri Bay, lagune peu profonde qui abrite des fermes d'huîtres perlières. Graham nous fait rencontrer Craig, son ami, pêcheur de perles depuis quarante ans. On dirait le capitaine Haddock en plus vieux et moins bougon. Il nous fait monter à bord de son petit rafiot, sort de l'eau de larges huîtres plates maintenues à la verticale dans un treillis, et se met à les gratter une à une :

– Voilà ce que je fais régulièrement pour empêcher les algues et les berniques de les asphyxier. L'huître a besoin de respirer, de vivre dans une eau claire et oxygénée pour produire sa perle...

Il en choisit une bien grosse qu'il ouvre devant nous. Avec une pince à épiler, il glisse à l'intérieur de la membrane beige, délicatement, un petit morceau de nacre :

– C'est autour de cet éclat de coquillage que l'huître, pendant deux ans, va fabriquer sa perle...

Craig sort d'un tiroir une petite boîte en bois dont il extrait une magnifique perle aux reflets roses, pas tout à fait ronde.

– Celle-ci est ma préférée, ce n'est pas une perle de culture mais une vraie perle, une perle sauvage, je l'ai trouvée il y a quarante ans...

Il a l'air ému, on dirait que cette perle lui rappelle de vieux souvenirs.

– Avant, nous ramassions les huîtres pour leur nacre, pour faire des boutons. S'il y avait une perle dedans, c'était "en plus", c'était juste une question de chance. À l'époque, nous pêchions encore avec des scaphandres. C'était une pêche dangereuse, car les pêcheurs remontaient trop vite, sans respecter les paliers de décompression. Mais aussi parce que les dauphins ou les baleines se prenaient souvent dans les tuyaux d'arrivée d'oxygène, et pouvaient soudain nous couper l'air, d'un coup de queue ! Et puis il y avait les requins, les mortels poissons-pierre, et les serpents de mer venimeux... Sans même parler des cyclones qui soufflaient nos luggers comme des fétus de paille !

« Mais, malgré tout cela, ç'a été la période la plus heureuse de ma vie. Chaque jour je marchais des heures entières au fond de l'eau, au milieu d'un paysage féerique : des poissons multicolores jouaient à cache-cache dans des forêts d'algues ondulant comme des sirènes, des parterres de coquillages nacrés, de toutes formes, respiraient en cadence, des mérous, de gros poulpes et des tortues venaient jouer autour de nos scaphandres, sans aucune crainte... Et le silence était total, on entendait juste le bruit de notre respiration... À la fin de la journée, je n'avais plus envie de remonter. Je voulais rester là, tranquille, tout au fond de l'eau. C'était mon paradis.

Je prends une photo de Craig avec la grosse perle dans sa main. De retour sur le bateau, je demande à Fanny :

– Où est ton paradis ?

Elle me répond que c'est une question vague. En fait, je crois qu'elle n'en sait rien. Et moi ? Où se cache ma plus belle vague, ma perle sauvage, ma pierre de quartz ?

Les pêcheurs... de bière

On est jour de pleine lune et les bateaux de pêche sont rentrés au port. On est vendredi soir, et tous les pêcheurs se pressent dans les pubs... D'autant plus qu'entre cinq et sept heures, partout en Australie, c'est l'« happy hour » : les bières sont à moitié prix et les cacahuètes sont gratuites. Graham et Bob ne nous lâchent pas d'une semelle, les rues de Broome sont noires de monde, il ne s'agit pas de se perdre, et puis Hector est si distrait... Nous visitons Chinatown, l'ancien quartier chinois, je croise des visages comme je n'en ai jamais vu, noirs aux yeux bleus, blancs avec des cheveux crépus, comme si, à Broome, toutes les races s'étaient mélangées… Bob m'explique que, depuis le siècle dernier, la nacre et la perle, qui ont une grande valeur, ont attiré des gens du monde entier, plongeurs, artisans, commerçants, et que ceux-ci ont fondé leurs familles sur place, en se mélangeant aux Aborigènes.

Nous passons devant l'ancienne jetée des luggers, une famille Aborigène joue aux cartes juste en dessous, ils boivent au goulot des bouteilles de rhum… Ils sont tellement saouls qu'ils n'ont pas senti la marée monter, et qu'ils baignent dans l'eau jusqu'à la taille. On en croise beaucoup ici qui titubent dans les rues, ou s'écroulent ivres morts sur les pelouses du jardin public. Je ne peux m'empêcher de penser à Joe et à sa tribu, à leurs manières et leur allure si nobles. Que leur est-il arrivé ? Nous arrivons devant le pub *Roebuck*, une vieille Aborigène vocifère devant le bar qui leur est réservé, des bruits de bagarre et de verre brisé retentissent jusque dans la rue, un homme sort en se tenant la tête… Bob et Graham nous entraînent vite ailleurs.

Nous nous retrouvons dans un petit restaurant chinois, loin du bruit et des beuveries. Hector a l'air très secoué. Bob tente de le réconforter. Graham raconte que l'alcool est un problème pour toute l'Australie, que les Blancs, eux aussi, boivent trop.

– Mais dans le cas des Aborigènes, c'est très grave : avant l'arrivée des Blancs, ils ne connaissaient pas l'alcool… et leur foie ne l'a jamais supporté. En plus, ils ont dû changer très brutalement leur mode de vie. Depuis quarante mille ans, ils vivaient en tribus, comme des nomades. En très peu de temps, ils ont dû apprendre à vivre comme des Blancs de l'an 2000, et leur esprit ne l'a pas supporté. Ceux qui ont quitté leur terre, ou en ont été chassés, ont perdu leur culture et leurs repères : la plupart de ceux qu'on croise en ville sont déracinés... et se réfugient dans l'alcool.

Nous rentrons au port, c'est notre dernière nuit sur le *Lion des mers*. Autour de nous les bateaux font la fête. Certains reviennent de deux mois en mer – où l'alcool est interdit – et arrosent à coup de bière ou de rhum leur retour de pêche. On entend dans la nuit les chansons à boire, j'aperçois des marins qui dansent en titubant sur le ponton... Un chalutier est ancré juste à côté de nous, ce sont les seuls qui travaillent : ils viennent de déverser leurs filets sur une grande table d'aluminium, et, vêtus de tabliers cirés jaunes, ils se mettent à trier leur pêche sous la lumière criarde :

– Regardez bien, nous souffle Graham, leurs filets ont ratissé l'océan, ils ont attrapé des tonnes de poissons de toutes sortes, mais la seule chose qui les intéresse, ce sont des petites crevettes jaunes qu'ils vendent aux Japonais cent cinquante francs le kilo...

Effectivement, à l'aide de longs râteaux, ils font glisser le long d'un toboggan une flopée de poissons écrabouillés par le filet, qu'ils rejettent à moitié morts dans la mer... et ne gardent qu'un petit tas de crevettes qui sautillent au milieu de la grande table. Quel gâchis !

Hector se serre contre moi :

– Quand je pense que les dauphins peuvent se prendre dans leurs filets, ça me donne envie de pleurer...

On en croise beaucoup ici qui titubent dans les rues…

– Ne t'en fais pas mon biquet, pense plutôt aux merveilles des Kimberleys, à Prince Regent River… Quel magnifique cadeau nous avons reçu !

La leçon de vie

Nous disons au revoir à Graham. Il me passe ses grosses mains toutes crevassées dans les cheveux et plante ses yeux délavés dans les miens :

– J'espère que tu te souviendras de ce voyage, petit. Tu as vu que la nature peut être splendide et paisible, mais aussi imprévisible et sans pitié. Que les hommes sont remplis de contradictions, capables du meilleur comme du pire. Que la vie est fragile et précieuse, mais aussi plus forte que tout… Quelle magnifique leçon, non, pour une graine d'aventurier ?

Il a bien dit « aventurier », je me sens fier d'un seul coup, comme si j'étais devenu un héros de mes bandes dessinées… Je viens de vivre en vrai ce que je croyais ne pouvoir vivre que dans les livres, ou dans mes rêves. Et pourquoi ne pas écrire mon aventure ? Une histoire vraie ? La vie est vraiment plus forte que tout, Graham a bien raison !

Nous retrouvons le camion de Bob et prenons la route du retour. Personne n'a envie de parler, même Fanny regarde le paysage sans mot dire. C'est drôle, nous reprenons le même chemin, et pourtant c'est comme si je ne voyais plus la même chose. Je pense aux feux qui peuvent ravager les superbes forêts de baobabs, aux cyclones qui peuvent arracher en une nuit les buvettes en tôle du bush… À l'arrêt pique-nique, je reconnais le petit pub où nous avons rencontré Rick. Je regarde bien les visages des buveurs : les êtres humains sont pleins de contradictions, je suis d'accord avec Graham, mais comment s'en apercevoir ? Il faudra que j'en reparle à Bob.

– Les enfants, Alice Springs est en vue, nous sommes presque arrivés !

J'ouvre ma vitre, je respire l'odeur de poussière et d'eucalyptus, nous dépassons le paddock, j'entends la cavalcade des chevaux qui viennent nous faire la fête… Joe et Suzy nous attendent sous la véranda :

– Eh bien les petiots, on a pris de la bouteille ?

Suzy me serre contre sa grosse poitrine, elle sent la tarte au potiron.

– Alors, petit homme, quoi de neuf ?

Sa voix grave glisse dans mon ventre, je me sens au chaud d'un seul coup, je suis content d'être rentré.

Chapitre IV

La main à la pâte

À LA CANTINE DU BUSH

– Alors dix assiettes, dix verres, couteaux, fourchettes, la farine pour les dampers, la poudre de curry pour les ragoûts, moutarde, ketchup, vegemite… Hector, les torchons, les allumettes, et les lampes torches s'il te plaît…

John veut monter le camp avant leur arrivée… Eh oui, John, l'ami de Bob, est venu d'Alice pour prendre en main la cantine ambulante des cow-boys pendant le *stockcamp*, période pendant laquelle, dans les ranchs, on rassemble les vaches pour les grands marchés aux bestiaux d'Adélaïde. Et nous sommes ses marmitons.

– Finies les vacances, a annoncé Bob à notre retour. Maintenant, pendant une semaine, vous allez mettre la main à la pâte, il n'y a rien de tel pour découvrir un pays et comprendre ses habitants.

Joe et deux hommes de sa tribu vont rassembler le bétail à cheval avec quatre jeunes d'Alice et d'Adélaïde, qui viennent chaque année au stockcamp. Quant à Bob, il va survoler le ranch en hélicoptère pour repérer les vaches égarées, et déloger celles qui se sont réfugiées dans les recoins inaccessibles de la propriété.

John vérifie tous les compartiments du camion-cantine : que le congélateur fonctionne bien, qu'il ne manque rien dans l'épicerie ou la boîte à pharmacie, que le placard à vaisselle est complet, qu'il y a assez de batteries pour la radio et les torches… bref, que tout est O.K., car nous allons nous déplacer de campement en campement, sur toute la surface du ranch, et nous ne rentrerons pas au homestead pendant une semaine…

– Il n'est donc pas question d'oublier les allumettes, me lance John en faisant semblant de jouer au chef.

En fait, il ressemble à Gepetto avec sa moustache toute blanche et ses bons yeux bleus. Un Gepetto en short et chemise écossaise, qui aurait l'habitude de diriger des meutes de boy-scouts.

Pendant que nous finissons de charger le camion, il nous raconte qu'il a connu Bob il y a très longtemps, quand ils étaient tondeurs de moutons. Ensuite, ils ont fait le tour de l'Australie, et ont travaillé comme cantonniers sur les pistes à bitumer, barmen dans les pubs, pilotes de barques de tourisme sur la Grande Barrière de corail – c'est là qu'ils ont connu Graham – pêcheurs d'ormeaux, mollusques rares, pour les riches asiatiques... Je découvre avec Hector toutes les vies de l'oncle Bob, et comment, dans un pays neuf et peu peuplé, on peut si facilement changer de métier, ne pas être limité à une seule spécialité.

– Et puis on a atterri à Alice... Et là, on a eu le coup de foudre pour cette terre sauvage, le Red Heart comme on l'appelle ici. J'ai trouvé un travail de ranger dans les parcs nationaux, je protégeais le bush du tourisme sauvage et des feux. Quant à Bob, qui aimait les chevaux, il s'est fait embaucher comme cow-boy sur ce ranch, et il n'a plus eu envie d'en partir... Le propriétaire était un vieux célibataire, il adorait Bob, à sa mort il en a fait son héritier, il lui a donné ces cinq mille hectares de terre. Et moi, dès que j'ai pu, je suis venu l'aider... Mais maintenant, avec ma jambe esquintée, plus question de monter à cheval, je dirige les troupes au sol... Bon, assez parlé, aidez-moi à charger les dix swags, je vais mettre un quartier de bœuf dans le congélo, et en route !

Après une heure de route, nous installons le camp à deux pas d'un paddock où Joe et ses aides viennent de seller les chevaux. Deux garçons et deux filles de mon âge avec de vieux jeans, des chapeaux de cow-boys et de grandes bottes débarquent d'une Jeep toute poussiéreuse.

– Voici Sally, Donna, Peter et Greg. Ce sont nos *jackiru* et *jaliru*, c'est-à-dire nos apprentis cow-boys... Et voilà mes nouveaux marmitons, deux *froggies* tout droit venus de France, repas quatre étoiles garantis !

Tout le monde éclate de rire, je regarde Sally et Donna, Sally est lycéenne à Adélaïde, Donna employée au centre équestre d'Alice. John m'a raconté qu'elles sont toutes les deux folles de chevaux et de nature, et débarquent dès qu'elles sont libres sur les stockcamps du Red Heart. Quant à Peter et Greg, ils sont nés sur des ranchs, veulent devenir cow-boys, et travaillent régulièrement chez Bob pour se faire de l'argent de poche. Nous nous sourions timidement, Joe les appelle au paddock, je les vois sauter sur leurs chevaux et disparaître au grand galop derrière les buissons d'acacias.

– Bon, le matin, thé et steaks entre deux toasts. À onze heures, *smoko* : c'est le casse-croûte qui cale jusqu'au déjeuner, généralement un damper. À une heure, sandwichs variés, mais au moins quatre par personne. Le soir, bœuf accommodé de toutes les manières que vous voulez, là les *Frenchies*, je vous laisse l'initiative. En résumé, lever à six heures, coucher à neuf heures, et tous les deux jours nous levons le camp.

Je regarde Hector en coin, il fait une drôle de tête, j'ai l'impression qu'on ne va pas chômer.

Le secret de l'oncle Bob

Deuxième jour de cuisine, Fanny est allée chercher du bois, et c'est moi qui suis chargé de couper les carottes et les oignons pour le ragoût de ce soir. L'équipe n'est pas encore rentrée, je suis seul avec John, j'en profite pour compléter

… je les vois sauter sur leurs chevaux et disparaître au grand galop derrière les buissons d'acacias.

mon histoire, car, c'est décidé depuis les Kimberleys, je veux écrire mon roman d'aventures.

– Mais qu'est-ce que tu veux encore savoir, petit ?

– L'histoire de mon oncle…

– Oh, il avait juste seize ans quand je l'ai rencontré, on aurait dit un chien fou échappé du chenil ! Il m'a juste raconté qu'il étouffait à Angers, qu'il ne voulait surtout pas être notaire comme son père, et qu'il avait soif d'aventure et de grands espaces. D'ailleurs, il n'est resté que quelques semaines à Sydney, et il a filé sac au dos vers l'Outback… Il était très courageux, enthousiaste, romantique, plutôt solitaire… enfin, jusqu'au jour où il a rencontré Nadia.

– Il a été marié ?

– Non, il n'a pas eu le temps… C'était une passionnée de voile, son bateau a chaviré dans la queue d'un cyclone, on ne l'a jamais retrouvée. Il l'adorait, je ne lui ai pas connu d'autre femme. Heureusement qu'il y a eu le ranch… Il lui consacre toute sa vie.

Je me sens drôle d'un seul coup, Bob a toujours l'air si content, et puis cette histoire de cyclone, je me mets à trembler…

– Eh bien, mon biquet, on a froid ? Attends, je vais faire une belle flambée, et puis les quatre ogres ne vont pas tarder à arriver…

Fanny est incroyable, deux jours de stockcamp et elle se sent comme chez elle, la cantine est sa cuisine, et le feu entouré de tabourets en rondins, sa salle à manger… Un bruit de cavalcade, ils attachent leurs chevaux à un gros baobab, leurs visages sont rougis par le vent et le soleil, Fanny les regarde avec envie.

Juste à côté, Joe prépare un feu avec les deux hommes de sa tribu, ils font griller un quartier de bœuf, et mangent en nous tournant le dos, comme le veut leur coutume.

Fanny sert le ragoût aux affamés, ils sont trop fatigués pour parler… John nous explique qu'avec la sécheresse, les vaches parcourent tout le ranch en quête de nourriture, et qu'il est plus dur de les rassembler. Ils engloutissent leur repas sans mot dire. Puis Greg et Peter jouent aux cartes et s'échangent des vidéos de surf. Sally fait un pansement à Donna, qui a reçu le sabot d'un petit veau dans le tibia. Nous n'osons pas encore nous parler. Donna me demande juste où se trouve la France… Cela me fait un drôle d'effet, c'est comme si, vu d'ici, nous étions un petit pays sans importance, et si lointain qu'on ne sait même pas où il est…

Les Aborigènes ont éteint leur feu. Doug, l'aide de Joe, vient trouver John avec un air grave et discute longuement avec lui. John acquiesce à ce qu'il lui dit, et Doug repart soulagé.

John me dit que Doug vient de rêver que son cousin a très mal à la tête, et que dans deux jours il sera mort : il a donc demandé la permission de quitter le camp, pour avoir le temps de le voir et de lui parler.

– Mais comment peut-il le savoir ?

– Il l'a rêvé, c'est-à-dire qu'il se transporte par la pensée auprès de lui… Et il le voit comme je te vois : pour lui c'est aussi réel que s'il l'avait devant lui en chair et en os.

– Mais c'est vrai ?

– Je les ai rarement vus se tromper, surtout dans la tribu de Joe. Ils sont ce qu'on appelle télépathes, c'est-à-dire qu'ils peuvent voir et sentir ce qui se passe à distance, surtout quand cela concerne des membres de leur famille ou des proches : certains peuvent ressentir une douleur dans leur corps, à l'épaule par exemple, et savoir ainsi qu'il arrive quelque chose à leur neveu. Si c'est à la jambe, il s'agit de leur frère. Tu vois, ils ne sont pas simplement reliés en pensée par leurs rêves, mais aussi par leurs corps, comme s'ils n'étaient qu'un seul et immense être humain.

Je me souviens alors des premières paroles de Joe, sous la véranda : « Il est très simple de savoir ce que les gens pensent, même s'ils sont à des milliers de kilomètres de toi. Il suffit de penser très fort à eux, et ils sont avec toi… »

– Mais alors, cela veut dire que tout le monde peut être télépathe ?

– Sans doute, petit, mais c'est comme un talent dont l'homme aurait oublié de se servir, alors à force, cela ne marche plus. L'homme blanc a préféré construire des machines très perfectionnées pour voir et entendre de loin, et se fier à ses raisonnements plutôt qu'à ce que lui dictaient son cœur et ses intuitions… Résultat, il va voir des astrologues ou des voyants, parce qu'il ne sait plus sentir ce qui se passe au fond de lui, prévoir ce qui risque de lui arriver. Certains Aborigènes ne se sont jamais coupés de leurs intuitions et de leurs visions. Pour eux, elles sont aussi réelles que le Temps du Rêve, aussi vraies que ce qu'ils peuvent prendre dans leur main.

Tout le monde est couché. Le feu n'est plus qu'un tas de braises. J'entends John qui appelle le homestead avec son talkie-walkie : « Oui, Bob, tout est O.K. Les petits sont impec. Mais, la Fanny, je ne vais pas la tenir une semaine... Oui... Avec Sally et Donna ? O.K., elle va être folle de joie. Et l'hélico ? Les vaches te font faire des cabrioles ? Ah, les garces... Ne prends pas trop de risques, il y a des vents de sable qui arrivent du Simpson Désert... O.K... »

Je n'entends plus rien, sauf de grands éclats de rire à la fin... Je ne peux m'empêcher de rigoler moi aussi tout bas, en pensant que s'ils étaient télépathes, ils n'auraient même pas besoin de talkies-walkies !

Je retrouve mon swag à côté de Fanny, elle dort à poings fermés. Avant de m'endormir, je l'écoute respirer, un long moment... C'est drôle, je n'ai plus besoin qu'elle me rassure.

Peut-être qu'un jour, c'est moi qui la protégerai.

Les filles sauvages

Surtout ne pas les perdre de vue, se dit Fanny. John m'a donné Connie, une jument plus docile que Gypsy... mais Sally et Donna filent devant moi comme des flèches – facile quand on passe sa vie sur un cheval ! – et je dois cravacher Connie pour rester dans la course... De temps en temps, elles se retournent pour me faire un petit sourire encourageant, et puis elles foncent, dressées sur leur selle en danseuse, appelant les vaches avec de grands cris qui déchirent l'air comme un fouet. Maintenant elles zigzaguent entre les buissons, elles touchent à peine leurs rênes, murmurent de temps en temps un petit mot à l'oreille de leurs montures, leurs corps rebondissent au galop comme ceux de deux chats, tout a l'air simple et magique... Je vois leurs cheveux au vent, j'entends leurs rires énormes, on croirait deux sauvages nées dans les bois, que l'on n'a jamais pu dompter. Complètement libres. Comment vais-je pouvoir raconter cela aux filles de ma classe ? Vont-elles pouvoir simplement imaginer ce que c'est ?

« Pstt, Pstt ! » elles me montrent au loin une longue traînée de poussière, j'entends des meuglements, des cris et des claquements de fouets, je vois Greg et Peter galoper derrière de petits veaux... Et puis le nuage de poudre rouge se dissipe, apparaît un immense troupeau de vaches noires qui courent, se bousculent et se grimpent dessus. Tout autour, Joe et son équipe font claquer de longs fouets pour les maintenir dans le rang, ou lancent leurs chevaux derrière celles qui s'échappent. Sally et Donna me font signe de rester à l'arrière du troupeau. Elles foncent ensemble en direction d'un bosquet d'où elles délogent des vachettes effrayées qu'elles poursuivent en zigzaguant, et qu'elles finissent par ramener vers le troupeau.

Un bourdonnement, le ronronnement d'une hélice... Un insecte d'acier grossit dans le ciel, il vole très bas derrière une centaine de vaches qui courent et font voler la poussière. J'aperçois dans sa bulle de verre la tête casquée d'oncle Bob, il descend encore, vire devant moi, me fait coucou par le hublot, et repart à la recherche des dernières vachettes échappées.

Les deux équipes serrent de chaque côté les nouvelles arrivées, les flancs des chevaux se pressent contre ceux des vaches, les hennissements se mélangent aux meuglements, les hommes poussent devant eux le troupeau qui s'engouffre dans un immense enclos : c'est là que le bétail va être trié et marqué pour la vente.

Le bourdonnement revient, l'hélicoptère vole à trois mètres à peine du sol, ramène les dernières vaches, la lourde grille se referme, tout le bétail de la journée est rentré. La bulle de verre se pose doucement, comme une grosse mouche. Bob rejoint Joe dans l'enclos. Un feu brûle au centre, c'est là que l'on fait chauffer les fers portant les initiales du ranch. Les portes métalliques claquent, les hommes répartissent le bétail dans différentes enceintes, le trient suivant sa taille et son poids, et font passer les vaches bonnes pour la vente, une à une, dans une étroite gouttière : là, ils appliquent sur leur flanc le fer brûlant, elles poussent de longs beuglements, une odeur de cuir brûlé se mêle à celle du feu de bois. Des mouches bleues se collent sur les visages en sueur de Greg et Peter qui courent partout avec de grands bâtons pour faire rentrer le reste des vaches dans la gouttière.

Assise sur la barrière, j'observe tout... Et je ne tourne plus de l'œil comme à mon arrivée, quand j'ai vu Bob castrer des petits veaux. Est-ce la vie d'ici qui me rend forte ? Il faudra que j'en parle à Bob... Peut-être ai-je découvert que la mer et le bush sont impitoyables, qu'il faut être *tough*, comme on dit ici, sacrément costaud pour résister à cette nature-là. Et aussi y gagner sa vie ! Un maquereau peut vous scier la cheville, une vache ou un cheval sauvage vous estourbir d'un

… elles délogent des vachettes effrayées
qu'elles poursuivent en zigzaguant…

coup de sabot… En fait, l'homme finit par ressembler à l'endroit où il vit. Mais à quoi ressemblent mes amis d'Orléans ? Et moi maintenant, à qui je ressemble ?

… Tiens, que se passe-t-il, je vois Bob filer vers son hélicoptère et décoller sur le champ… Joe vient s'asseoir à côté de moi sur la barrière :

– Tu vois, petite, même quand il possède des ranchs grands comme des pays, et des milliers de vaches, l'homme en veut toujours plus… On vient de signaler à Bob par radio que du bétail avait été volé cette nuit, et chargé en douce sur des tri-remorques… Les voleurs sont souvent des cow-boys des ranchs voisins qui agissent avant que notre bétail soit marqué au fer, et lui impriment leurs initiales…

Sa voix devient triste :

– Et l'on dira encore que les voleurs sont des Aborigènes.

Sally et Donna me font signe de les rejoindre, leurs deux chevaux encadrent le mien, elles m'apprennent à zigzaguer entre les buissons, à me dresser en danseuse pendant un galop, à faire brusquement demi-tour face à un obstacle… Ou à piler net devant la beauté du bush. Elles me conduisent vers une mare entourée d'une herbe à graines blanches sur laquelle se précipitent les chevaux. Sally m'explique que cette herbe a une drôle d'histoire : il y a un siècle, pour se déplacer en plein bush et construire les pistes puis les voies ferrées, les pionniers australiens ont dû importer d'Afghanistan des chameaux, parce qu'ils résistaient mieux à la sécheresse et au désert que les chevaux… Or les chameliers rembourraient leurs selles avec cette herbe, qui s'est alors propagée en Australie, et a fait le délice des chevaux.

Donna nous fait signe de nous taire : deux mères kangourous avec des *joeys* dans leur poche – des petits – se dirigent en sautant vers la mare. Les joeys glissent hors de leur abri et boivent en même temps que leurs mères. Une fois désaltérés, ils remontent dans la poche, et les mères repartent en sautant, avec leurs passagers bien contents d'être au chaud, d'avoir une vue imprenable sur le bush, et le transport gratuit !

Le ciel commence à rougir, de grands vols de canards en formation y dessinent d'immenses V noirs, l'étoile du Sud vient d'apparaître, une douce lumière dorée caresse le bush et les visages de Sally et Donna... Tout semble en paix. Nous rentrons en silence vers le campement.

LA PARTY

– Alors, dix sandwichs au jambon et à la moutarde, dix à la Vegemite, cinq rosbif-ketchup, cinq au cheddar... Hector, viens m'aider ! Vite, deux brocs de thé chaud !

Ouf, c'est notre dernier déjeuner, notre dernier jour au camp, et en plus cet après-midi c'est relâche : de gros marchands d'Alice et d'Adélaïde viennent voir le bétail de Bob dans l'enclos, pour évaluer sa qualité, et passer des commandes.

Pour la première fois, Bob a mis une veste, Joe a enfilé une superbe chemise écossaise, toute l'équipe est perchée en rang d'oignons sur la barrière, comme des hirondelles, et attend l'arrivée des invités... Il y a d'abord une Mercedes jaune d'où sortent des hommes en complets et chapeaux de cow-boys, leurs femmes perchées sur des talons et moulées dans des robes de satin rouge... comme pour un mariage ! D'autres arrivent dans leurs Jeeps poussiéreuses, habillés de shorts troués et de Pataugas : on dirait qu'ils viennent juste de tomber de cheval ! Enfin il y a les costumes-cravates d'Adélaïde et leurs avions privés, qui atterrissent sur la bande de terre battue juste à côté de l'enclos... Je ne sais plus où donner de la tête, ils arrivent de partout, Hector a les yeux écarquillés, quel mélange incroyable !

Pendant un long moment, ils observent le bétail, certains viennent le palper, et puis Bob déclare que la vente va commencer. On annonce alors des chiffres à toute vitesse, et je les vois faire de petits gestes rapides, comme dans les ventes aux enchères. Au bout d'un quart d'heure tout est réglé, Bob a l'air content. Joc vient d'allumer les barbecues et de mettre les saucisses à griller. Greg et Peter ont sorti les tonneaux de bière fraîche. La *party* peut commencer.

Les hommes en costume retirent leur cravate, discutent, les mains dégoulinant de ketchup, avec les cow-boys en Pataugas. Les femmes en robe enlèvent leurs hauts talons et suivent pieds nus Sally et Donna dans le paddock : elles veulent ramener des poulains à leurs enfants. Les verres de bière circulent avec les saucisses, tout le monde plaisante et se mélange, on dirait qu'il n'y a pas de riches et de pauvres, de gens plus importants que d'autres, que les relations sont simples et sans chichis... Pourtant, personne ne va parler à Joe et à ses deux amis, ils passent tous devant eux sans les voir, comme s'ils étaient transparents...

– C'est bien pire que d'être méchants avec eux... Là, c'est comme s'ils n'existaient même pas, me souffle Hector, l'air triste.

Une fois les invités partis, nous nous retrouvons avec John devant le feu. Bob nous a rejoints pour partager notre dernier bivouac. J'ai cuisiné pour l'occasion un superbe curry de bœuf, et comme dessert un damper à la confiture et aux raisins. À la fin du repas, Bob prend sa guitare et chante *Allez venez Milord*, que toute l'équipe reprend en chœur autour du feu. Cela me fait drôle de découvrir qu'on connaît Édith Piaf à l'autre bout du monde... alors qu'on ne sait même pas où se trouve la France !

Hector a gardé son air triste, il raconte à Bob qu'il n'arrive pas à oublier la manière dont les Blancs ont traité Joe et ses amis à la party.

– Quand les Blancs sont arrivés en Australie, Hector, ils ont trouvé les Aborigènes tellement différents d'eux physiquement, tellement "laids", qu'ils ont refusé de les considérer comme des êtres humains : ce ne pouvait être que des animaux. Ils ont donc fait comme si l'Australie n'avait jamais été habitée avant eux, et ont tiré sur les Aborigènes qui leur résistaient comme on tue des lapins : à coups de fusil, et par milliers.

« On vient juste de reconnaître, plus de deux cents ans après l'arrivée des Blancs, que l'Australie n'était pas une terre vierge, mais qu'elle était bel et bien habitée depuis quarante mille ans… par des ÊTRES HUMAINS. Enfin, c'est ce que dit la loi, mais changer ce qu'il y a dans la tête des gens, cela prend du temps. Les invités de la party ne sont pas de mauvais bougres, même riches ils restent simples et accessibles, certains peuvent être très généreux… mais ils ne VOIENT toujours pas les Aborigènes.

Un son rauque et doux monte de leur campement, c'est Joe qui joue du didjeridoo. Il va jouer son chant grave et insistant jusque tard dans la nuit. C'est comme s'il nous répondait, à travers sa musique, que sa culture est toujours vivante. Comme son peuple.

Le voyage en ballon

Une petite secousse, ça y est, la nacelle vient de quitter le sol, nous nous élevons lentement au-dessus du bush, mon Dieu, quelle beauté ! Un voyage en montgolfière, voilà la dernière surprise de Bob, et notre récompense pour avoir été, Fanny et moi, de bons marmitons… Il est six heures du matin, le soleil vient juste de se lever, ses rayons dessinent de grandes ombres obliques et dorent déjà tous les rouges, les roses, et les verts du Red Heart. Nous montons encore un peu, nous frôlons la cime des arbres, dérangeons une ribambelle de perruches roses qui s'en vont ailleurs en piaillant… Nous survolons le lit de la rivière, une famille de wallabies s'enfuit en sautant vers un amas de rochers… Juste en dessous, j'entends un martèlement de sabots, je reconnais ce grondement, on dirait un roulement de tambour : sous la nacelle, à moins de vingt mètres, jaillit une horde de chevaux sauvages qui semble faire la course avec nous, puis disparaît dans une forêt d'eucalyptus... On dirait que la montgolfière réveille sur son passage tous les habitants du bush, comme la baguette magique d'une fée.

J'entends au-dessus de moi le souffle qui gonfle le ballon, Bob actionne l'arrivée du gaz, la flamme grandit, nous montons encore... Je découvre la chaîne de collines des Mac Donnell Ranges, on dirait la colonne vertébrale d'un immense serpent qui ondule à travers l'Outback. Cette encoche entre deux vertèbres, c'est la faille de Simpsons Gap creusée par la rivière, il n'en reste qu'une grande mare. Une dizaine d'enfants Aborigènes plongent des rochers les pieds en avant pour faire de grands splashs, j'entends même leurs rires de là-haut... Je regarde Joe, il leur fait de petits signes.

– Ce sont de jeunes Warlpiri de Yuendumu, ils viennent juste de recevoir leur première initiation.

Il a soudain un air grave, comme pour nous dire une autre fois : « Eh oui, mon peuple est vivant. »

Nous survolons maintenant le désert, la terre devient plate et aride, à perte de vue. Pourtant, tout au fond sur l'horizon, j'aperçois deux boursouflures, le vent nous pousse, nous approchons. La plus proche est un immense rocher ovale creusé de rigoles, on dirait une énorme goutte de sang qui serait tombée là par hasard, au beau milieu de nulle part. Joe se met entre Fanny et moi :

– Ce gros rocher, c'est Ayers Rock, Uluru pour les Aborigènes, c'est l'un de nos plus grands sites sacrés.

Nous volons à quelques mètres du sommet, la roche rouge est toute plissée, avec de grandes crevasses par endroits.

Une dizaine d'enfants Aborigènes plongent des rochers…

– Les cicatrices sur le roc sont les traces d'une bataille menée par les hommes serpents, qui sont venus de l'autre côté des dunes pour attaquer les gardiens d'Uluru... Maintenant nous allons nous poser près des Monts Olgas, notre autre site sacré, que les Aborigènes appellent Kata Tjuta, ce qui veut dire "beaucoup de têtes"... Regardez !

Juste en face de nous surgissent une vingtaine de roches énormes et rondes, toutes penchées en arrière, comme des têtes qui observeraient les astres. La montgolfière descend, une petite secousse, la nacelle d'osier vient de se poser au pied des grands dômes. Je sors en titubant, je suis ivre de grands espaces, de paysages et de vent. L'odeur de terre et d'eucalyptus m'envahit, la chaleur sèche du désert me mord la peau du visage. Je relève les yeux, vues d'en bas les têtes sont encore plus impressionnantes, on dirait des sphinx d'Égypte qui interrogent le ciel.

– Suivez-nous, les petiots, Joe va nous faire voyager dans le Temps du Rêve.

Bob ouvre la marche, il a l'air tout excité, nous suivons une vallée étroite qui sinue entre les dômes. Alors Joe commence à parler, sa voix grave résonne dans toute la gorge :

– Nous sommes ici dans la vallée des Vents, la maison du serpent Wanambi. Les lignes noires sur la roche sont les poils de sa barbe, les grottes tout autour sont ses différents campements. Quand le vent s'engouffre dans la vallée, c'est le serpent qui siffle, les Anciens savent que Wanambi est en colère, et qu'un membre de la tribu n'a pas respecté la Loi.

Nous continuons à avancer dans la vallée, j'aperçois un morceau de ciel tout en haut entre les rochers, je me sens petit tout à coup au milieu de ces gigantesques têtes de pierre qui montent la garde. Je regarde Fanny, elle a l'air impressionnée, elle n'a pas dit un mot…

– Sur la droite, cette forme de profil, c'est Malu, l'homme kangourou mort des blessures infligées par le dingo diable, un chien sauvage très méchant. Et cette empreinte dans le creux du roc, c'est sa sœur Mulumura, une femme lézard, qui l'a serré une dernière fois dans ses bras… Vous voyez l'énorme éboulement tout au fond de la gorge, ce sont les Pungalunga, les corps pétrifiés de cannibales géants : après une bataille sanglante, le dernier d'entre eux a été tué d'un coup d'épieu dans le dos par deux hommes kangourous.

Nous rebroussons chemin. Je caresse la roche rugueuse, on dirait la peau d'un vieil éléphant, elle a des millions d'années, comme les héros du *Dreamtime*. Et pourtant, Joe raconte leur histoire comme s'ils étaient toujours vivants, aussi vrais et réels que les poils de barbe du serpent Wanambi… Aussi vrais et réels que mes héros de B.D. ? Pourquoi pas ?

Nous remontons dans la nacelle, bientôt nous flottons dans l'infini du ciel, au-dessus de l'immensité du désert. Nous sommes quatre petits points pendus à une bulle poussée par le vent, voyageant dans l'espace et le temps… Je n'ai plus de passé, je n'ai plus d'histoire, j'ai même oublié le numéro de ma rue à Orléans, et le nom du vendeur de B.D. que j'aime tant… Hugo, je reviens dans une semaine et je ne me souviens de rien, juste que je m'appelle Hector, et encore !… Tiens, nous survolons de nouveaux paysages, une gorge encaissée bordée de fougères géantes et de palmiers, et coupée par de gigantesques éboulis.

– Cette gorge, c'est Kings Canyon. Ne dirait-on pas un décor de fin du monde, ou la terre à sa naissance, avant les hommes ?

Je pense alors aux Kimberleys, on dirait Prince Regent, notre rivière, mais transportée en plein désert !

– Et maintenant, les enfants, en route pour Kintore !

Il nous regarde avec un air malicieux :

– C'est la deuxième moitié de ma surprise… Nous ne rentrons pas ce soir au ranch, nous somme attendus au village de Benny, un grand ami de Joe : c'est le chef de la tribu des Pintubi, et il a une histoire à vous raconter… avant votre retour.

Je regarde Fanny, elle fait une drôle de tête, les vacances ont passé si vite.

Chez Benny, seigneur du désert

Kintore. On vient de se poser sur un carré de terre rouge et craquelée, dure comme la pierre. Il y a juste quatre maisons de tôle, un puits et une éolienne au milieu. Le village a l'air vide, Fanny est sûre qu'on leur a fait peur.

– Ils sont partis chasser, répond simplement Joe.

En attendant, Bob nous fait rentrer dans la maison de Benny : à part un matelas posé par terre et un Frigidaire, la maison est nue, il n'y a ni table ni chaise, la cuisine est déserte, pas un seul ustensile ou placard pour l'épicerie, ils n'ont pas l'air de s'en servir… mais je vois plein de traces de feux tout autour de la maison. J'entends soudain Fanny éclater de rire, elle me fait remarquer que chaque pièce, même la plus minuscule, comme les toilettes, a deux portes : une vers l'intérieur, et une vers l'extérieur qui donne sur le bush… si bien que les quatre murs extérieurs sont percés de partout. Bob nous rejoint :

– Pendant quarante mille ans, les Aborigènes ont dormi à la belle étoile, ils ne savent pas encore vivre dans nos maisons. Ils demandent aux Blancs de les trouer comme des gruyères de portes et d'issues de secours, pour pouvoir s'échapper plus vite dans le bush !

J'entends dehors un bruit de voix. Je vois trois hommes et une femme autour de Joe, ils ont les yeux et la peau très noirs, les cheveux jaunes, de vieux habits couverts de poussière. La femme tient dans ses mains un plat creux en bois rempli de graines brunes, les hommes ont des lézards embrochés au bout de piques…

– Fanny et Hector, voici Benny.

C'est le plus vieux, il a une barbe déjà blanche, et un immense sourire. Il nous fait signe de nous asseoir avec lui sous un gros baobab. Bob et Joe allument un grand feu sur lequel les chasseurs font griller les petits lézards, pendant que la femme écrase les graines avec une pierre dans le plat en bois… Bob sort de son sac à dos du pain en tranches :

– Tenez les enfants, je ne suis pas sûr que vous allez aimer les galettes de grain… Par contre, je vous recommande le lézard, c'est délicieux.

Il nous fait un clin d'œil, Joe m'en fait passer un morceau bien grillé… Je donne un coup de dent en fermant les yeux, on dirait du lapin, franchement c'est plutôt bon.

Le repas terminé, Benny dessine avec son doigt des traits et des points dans la poussière :

– Il raconte la chasse au lézard, explique Joe. Ce cercle, c'est le trou d'eau près duquel ils les ont déterrés, cette virgule, c'est sa femme assise en train de faire la farine, les trois flèches, ce sont les hommes à l'affût avec leurs piques... Depuis toujours les Aborigènes se parlent ou racontent leurs rêves en les dessinant sur le sol.

Benny efface de la main son dessin, Joe fait signe de se taire. Il y a un grand silence, et puis d'une voix très douce, ses yeux regardant très loin, bien au-delà du feu, Benny commence :

– Quand nous avons vu les Blancs pour la première fois, j'étais à peine un homme... Ils arrivaient sur leurs chameaux, ils étaient blancs à faire fuir, aussi blancs qu'un morceau de quartz ou l'écorce des eucalyptus : on a pris peur, on s'est dit qu'ils sortaient tout droit de leurs tombes ! Et puis, ils avaient ces drôles de pantalons avec cette barrière stupide qui s'ouvre et se ferme devant. Quand on les a enfilés, ce zip-là nous a vraiment fichu la trouille (Fanny se met à rire bêtement, franchement il y a des moments où elle ne sait pas se tenir).

« Ensuite, ils nous ont apporté des boîtes de conserve, mais d'abord on n'a pas osé y toucher, on s'est dit que c'était des steaks d'humains, et on les a tout de suite enterrées. Après, ils nous ont donné de la confiture et des dampers, alors là c'était vraiment bon, surtout la confiture, on la buvait comme de l'eau en renversant le pot direct dans la gorge, et après on dormait rudement bien ! En échange, on leur a offert nos lances et nos boomerangs : on avait moins

Ils arrivaient sur leurs chameaux, ils étaient blancs à faire fuir…

envie de chasser depuis qu'ils nous donnaient toutes ces bonnes choses, et puis on n'avait plus à se fatiguer.

« Un jour on a marché vers l'Est, et on est arrivés tout près de la mission d'Hermannsburg, là où les Blancs avaient emmené presque toute notre tribu... Mais on n'a pas voulu aller avec eux comme les autres Pintubi. On est repartis dans le bush, parce que c'est là qu'est notre Loi, la loi des Ancêtres et du Temps du Rêve : c'est une loi sacrée, très puissante, c'est elle qui nous explique comment le monde a été créé, pourquoi nous sommes nés, à quoi sert notre existence. Sans cette Loi nous sommes perdus. C'est pour cela que notre groupe a décidé de vivre à nouveau comme avant.

« Mais ce n'était plus vraiment comme avant, parce que les Blancs étaient de plus en plus nombreux à traverser nos terres et à nous poursuivre. Un jour, mon père n'est pas revenu de la chasse, ma mère a vu des corbeaux dans le ciel, et puis un aigle, son animal totem, elle a su que les Blancs l'avaient tué. Elle a fait un tas de bois sec, a allumé un feu, et s'est jetée aussitôt dedans. En une minute, elle était toute raide.

« À partir de ce moment, la vie est devenue de plus en plus dure. Nous n'avions plus envie de chasser, et puis ceux de notre tribu nous manquait. On les avait encore déplacés, ils étaient à la réserve de Papunya. On a repris la route vers l'Est, on a marché longtemps, et on les a retrouvés là-bas : on était bien contents qu'ils soient encore vivants ! Depuis tout ce temps ils avaient changé... Mais nous, pour finir, étions contents de retrouver la farine, le sucre, la confiture, toute cette nourriture.

« Pourtant, c'était un drôle d'endroit, les enfants allaient à l'école, on leur parlait une drôle de langue, ils restaient tout raides et en rang. Les Blancs ont de drôles de coutumes, c'est un monde différent, pas du tout comme le nôtre. En définitive, cela ne ressemblait plus du tout à notre pays : les nôtres n'étaient plus jamais dans le bush, ils étaient enfermés toute la journée dans la cuisine, à couper la viande, faire le pain, cuisiner et faire la vaisselle pour tout le monde. Et on nous a enfermés avec eux... Alors on s'est mis à manger beaucoup, on n'était pas habitués à cette nourriture, trop de sucre, on tombait souvent malades, on est tous devenus diabétiques...

« Et puis il y a eu l'alcool, on ne savait pas ce que c'était... Alors là, c'était du pur poison, dès la première gorgée on était saouls. C'est vite devenu notre mort : le désert a changé, il y avait des voitures retournées partout le long des pistes. Et puis on s'est bagarrés, et certains ont commencé à s'entretuer... Dans les réserves, les Blancs avaient mélangé toutes les tribus, et ça non plus ce n'était pas bon.

Benny pousse de grands soupirs, et balance sa tête longtemps, avec un air très triste. Il recommence :

– Un jour, on a compris qu'on avait oublié notre pays, qu'on l'avait abandonné. Au même moment, c'était en 1973, il y avait un Blanc au gouvernement qui disait qu'on pouvait retourner vivre sur nos terres, qu'on n'en serait plus jamais chassés. Alors on a repris la route vers l'Ouest, et on est revenus chez nous, à Kintore. On a mis une pancarte à l'entrée du village : "Ici, l'alcool est interdit." Les Blancs nous ont construit des maisons, et là on a essayé de vivre entre le mode de vie des Blancs et celui des Pintubi, de maintenir l'équilibre entre les deux. J'ai ouvert une petite clinique où j'utilisais la médecine des Blancs, mais aussi les plantes du bush : par exemple, nous soignons les infections avec du fuchsia et de la menthe, les gerçures avec du sirop de fourmi, les brûlures avec des nids de chauve-souris en poudre et de la cendre... Depuis des milliers d'années, ça marche !... Et puis on a recommencé à chasser, à attraper des goannas, parce qu'avec tous ces produits chimiques, la nourriture des Blancs nous coupait le souffle, on n'arrivait même plus à courir !

Benny s'arrête encore, on dirait qu'il revient parmi nous, il nous regarde tous autour du feu avec un grand sourire :

– Ici, c'est juste un morceau de désert sans eau, mais c'est là que nos ancêtres ont vécu, qu'ils ont maintenu en vie nos pistes du Rêve, pris soin de nos sites sacrés. Et puis c'est là que j'ai grandi, que j'ai été initié, que je suis devenu un homme, c'est là que mon père est enterré... Alors, même si tout est sec, c'est un endroit fantastique !

Nous sortons les matelas et décidons de nous installer tous en rond autour du feu. Même tard dans la nuit, je n'arrive pas à m'endormir. De l'autre côté du feu, à travers les flammes, je vois le visage de Benny, et celui de Fanny qui l'observe, fascinée. Il est resté assis en tailleur sous son arbre, il se balance d'avant en arrière, il a les yeux fermés. Dort-il ou voyage-t-il dans ses rêves ? Je pense à son histoire : la première rencontre entre un Blanc et un Aborigène a été un choc énorme... des deux côtés. Pour eux nous ressemblions à des cadavres, et notre manière de vivre leur paraissait très bizarre. Pourtant, ils ne nous ont pas pris pour des animaux, et n'ont pas décidé de nous tuer… Peut-être parce qu'ils sont les gardiens de leur terre, et qu'ils sont responsables de tout ce qui y vit ? Il faudra que j'en parle à Joe.

Le feu n'est plus que des braises, Benny n'a pas bougé, on dirait que son corps se fond dans le tronc de l'arbre, que ses jambes sont de nouvelles racines. Je regarde Fanny. Elle n'est plus comme avant, on dirait qu'elle est plus calme, qu'elle se met à écouter et qu'elle prend du temps pour réfléchir. Je sens qu'on se rapproche, qu'on va s'aimer encore mieux parce qu'on commence à se comprendre.

Gardiens de la terre

Bob tire la languette, plusieurs fois, la flamme devient immense, son souffle gonfle le ballon. La nacelle quitte le sol, s'élève très vite, les maisons sont déjà quatre petits traits blancs à la craie, et Benny et ses amis de minuscules points noirs… J'ai le cœur serré, Benny contre son arbre, cette nuit, est entré en silence dans ma vie, dans mes rêves. Quand le reverrai-je ?

Nous longeons à nouveau les collines des Mac Donnell Ranges, le soleil dessine sur leurs flancs des creux et des bosses, on dirait une immense chenille qui chemine dans le désert, tout a l'air si vivant ! Joe se rapproche de moi, il me prend la main, il sent ce que je veux lui demander :

– Tu vois petit, ce paysage, Benny le connaît tellement bien qu'il l'a même peint “vu d'en haut”, sans jamais avoir quitté le sol. Il a tout dessiné, c'était aussi précis qu'une carte de géographie, et pourtant il n'est jamais monté dans notre montgolfière, il n'a jamais pris l'avion. Simplement, quand il ferme les yeux son esprit s'envole, s'élève au-dessus de sa terre, et il la VOIT tout entière, aussi clairement que nous, maintenant, avec nos yeux...

Nous glissons le long de la crête des collines, si près que je pourrais presque les toucher, comme le visage de Joe qui murmure contre ma joue :

– Être Aborigène, c'est être tellement uni à la Terre qu'on ne fait plus qu'un avec elle. On devient l'arbre, la fourmi, le rocher, et l'on doit tout faire pour que l'équilibre entre eux continue, pour maintenir la vie.

« Quand le vent souffle, tu le sens. Nous sentons les arbres et toute la nature de cette manière-là, avec notre corps, cela nous traverse, va dans notre sang, nous n'avons plus besoin de regarder... parce que l'arbre est comme nous. Si j'ai mal à la tête, c'est peut-être qu'on tue un arbre, ou alors qu'il est malade, et moi je m'affaiblis petit à petit, parce que mon corps est dans cet arbre. Quand on coupe un arbre, on retire le sang de mon bras. Pour l'eau, pour tout ce qui vit sur terre, c'est la même chose. Et peu importe que la peau soit rouge, jaune, noire, ou blanche, pour tous les peuples c'est pareil, on peut sentir la même chose : on vit dans des endroits différents, mais le sang, les os, le corps sont semblables. Et la Terre, elle, ne bouge pas : on revient tous la nourrir quand on meurt.

Épilogue

Nous sommes dans l'avion du retour, nous survolons la terre pourpre, avec Fanny nous ne quittons pas le hublot, nous nous remplissons une dernière fois de la splendeur du bush… J'aperçois très loin un petit clignotement, c'est le phare de Broome qui me fait un dernier clin d'œil, et puis le bleu sombre de l'océan Indien remplace d'un coup le grand continent rouge, nous venons de quitter l'Australie.

Alors je ferme les yeux. Longtemps. Et je vois encore la terre rouge. Et je vois la grande marche de chat et la silhouette brindille de Joe sous la véranda. Et j'entends sa voix tranquille, juste avant notre départ :

– Les Rêves, on peut les suivre, certains se dirigent vers une source, s'arrêtent là, puis se remettent en route, et disparaissent encore sous terre. Même invisibles, ils continuent.

« Les Rêves voyagent sur et sous la surface du monde, aussi invisibles qu'un champ magnétique, que les ondes d'une radio. Ils se déploient comme un immense filet de pêche, dont on pourrait suivre chaque fil en marchant, en dansant et en chantant.

« Ce filet unit la roche aux plantes, les plantes aux animaux, les animaux aux êtres humains, la Terre à toute la création. Il relie tout ce qui vit.

C'est ce réseau qui permet aux hommes de communiquer à distance, de s'entendre et de se parler en silence, même à des milliers de kilomètres…

J'ouvre les yeux, je sais que nous ne serons jamais séparés.

Dans son sommeil, Fanny sourit. Elle aussi vient d'entrer dans mon Rêve.

Dans la même collection

Histoire d'une mouette et du chat qui lui apprit à voler,
texte de Luis Sepúlveda, illustré par Miles Hyman, 1996

Le Petit Frère tombé du ciel,
texte de Jostein Gaarder, illustré par Gabriella Giandelli, 1997

La Femme qui a tué les poissons,
texte de Clarice Lispector, illustré par Gabriella Giandelli, 1997

Les Dits de Maître Shonglang,
de Henri Gougaud, illustré par Marol, 1997

Contes de la forêt vierge,
texte de Horacio Quiroga, illustré par Loustal, 1998

Le Démon des maths,
texte de Hans Magnus Enzensberger,
illustré par Rotraut Susanne Berner, 1998

Charivari,
texte de Hortense Dufour, illustré par Blutch, 1998

Aninatou,
texte de Clotilde Bernos, illustré par Laura Rosano, 1999

Le Monde du bout du monde,
texte de Luis Sepúlveda, illustré par Lorenzo Mattotti, 1999

Ta Lou qui t'aime,
texte de Élisabeth Brami, illustré par Béatrice Poncelet, 1999

Tobie et l'Ange,
texte de Susanna Tamaro, illustré par Gabriella Giandelli, 1999

Les Sept Voyages de Pierre,
texte de Hans Magnus Enzensberger, illustré par Blutch, 1999

Les Habits du fantôme,
texte de Michel Chaillou, photos de François Delebecque, 1999

Quand Shlemiel s'en fut à Varsovie,
texte de Isaac Bashevis Singer, illustré par François Roca, 1999

Peines de cœur d'une chatte française,
texte de René de Ceccatty et Alfredo Arias,
illustré par Ruben Alterio, 1999

L'Homme qui avait tout, tout, tout,
texte de Miguel Angel Asturias,
images de Jacqueline Duhême, 1999

Lettres d'un chasseur,
texte de Horacio Quiroga, illustré par Loustal, 2000

La Baleine échouée,
texte de Oscar Collazos, illustré par Pierre Mornet, 2000

Achevé d'imprimer
sur les presses
de l'imprimerie Liehnart
en septembre 2000